Edition Akzente
Herausgegeben von
Michael Krüger

Botho Strauß

Der Aufstand gegen die sekundäre Welt

Bemerkungen zu einer Ästhetik der Anwesenheit

Carl Hanser Verlag

1 2 3 4 5 03 02 01 00 99

ISBN 3-446-19666-8

Umschlag: Nach einem Entwurf von Klaus Detjen
unter Verwendung einer Photographie von
Albrecht Ohly, München
Satz: Filmsatz Schröter GmbH, München
Druck und Bindung: Friedrich Pustet, Regensburg
Printed in Germany

Die Distanz ertragen

Über Rudolf Borchardt

1987

Proust bot ihm eine widerwärtige Schriftstellerei, Rilke zeigte hysterische Weichlichkeit, Hauptmann war Barbarei, Wedekind eine schnöde Spottgeburt, Büchner ein catilinarischer Hetzer und Problemwühler, Thomas Mann gehörte auf den Weihnachtstisch bürgerlicher Genügsamkeit, Heine: ein bourgeoiser Lyriker mit den Wut- und Rachezischlauten des gekränkten und übergangenen Parisers, und auch die Lektüre von Robert Walser bereitete ihm peinliche Stunden. Ein Mann stürzt Tempelsäulen wie Samson und jagt wie dieser die Füchse mit brennendem Schweif ins literarische Philisterland. Die moderne Literatur: »eine in ihrer Masse totgeborene Produktion«, Allotria, Epigonentum oder dilettantische Frechheit, jedenfalls null und windig. Nein, es ist kein Phrasendrescher, der so urteilt, kein zynischer Rebell, sondern im Gegenteil eine hochaufgerichtete Gestalt, ein Heros, der schuftet und schützt – einer der sprachmächtigsten Deutschen, mit Luther, Herder, Hölderlin, wenn Macht in der Sprache sich davon herleitet, daß jemand souverän über ihre berufbare Geschichte verfügt und doch die wahren Reichtümer aus legendärer Tiefe, aus ruhloser Noch-nicht-Sprache gewinnt. Im Besitz solcher Kräfte, der forschenden und der beschwörenden, will dieser Rudolf Borchardt nicht etwa sein Jahrhundert in die Schranken fordern, dazu findet er's viel zu schwach, er will es verjagen und ein neues ausrufen.

Ebenso heftig, wie er schmäht, bewundert er auch. Da sind es unter den Zeitgenossen vor allem George und Hofmannsthal, zu denen er sich bekennt. Zum einen unterhält er zeitlebens ein gespanntes, nervöses Konkurrenzverhältnis. Mit dem anderen verbindet ihn die persönliche Freundschaft, wenn auch eine wechselvolle. Beide gelten ihm als die großen Erneuerer der Form, die Erschütterer und Widerrufer der Modernität. Mit ihnen sieht er um 1898 die Epoche der »Schöpferischen Restauration« heraufziehen, vor der Historismus und Naturalismus, epigonaler Klassizismus und Philistertum abzudanken haben. Der Erste Weltkrieg, für das erschreckte Europa der Zusammenbruch der alten Welt, offenbart umgekehrt dem metapolitischen Poeten gerade das unwiderrufliche Ende der neuen, der modernen Welt, der Ära des Unternehmertums und des Sozialismus, des Mammons überhaupt, »des ungeheueren Fehlschlusses der Technik, der Weltkatastrophe der Industrie«.

»Die Welt wird reißend konservativ«, diktiert er seinem Publikum in flammender Rede über *Führung* noch 1931. Sie wurde es nicht. Vielmehr muß er als Jude kurz darauf Deutschland für immer verlassen, da solchen Schlagworten die Schlagetots auf dem Fuße folgten, Führung zu Terror und Geist zu Matsch wurde.

Borchardts schönste, zarteste Dichtung wie seine schroffe, überspannte Gebärde als Kulturheros verdanken sich gemeinsam ein und demselben Irrtum, dem schutzspendenden, dem geschichtlichen Tiefenirrtum, daß irgendwo keine Geschichte sei, sondern nur und wiederbringlich der reine *Anfang*. Tief, weil er an den unvergänglichen Teil des Daseins schließt; zweifelhaft trotzdem, weil ihm die bedingungsvollen Wirklichkeiten wie auf Geheiß revidierbar erscheinen müssen.

Um das Erbe, das keiner mehr im Blut trägt, schaffend zu erwerben, um große Literaturtraditionen des Abendlands, die verkannt oder verfälscht wurden, wiederzuentdecken und fortzuführen, dazu bedarf es des wissensfrohen Dichters, nicht des Gelehrten oder Philosophen, die nur ihr Forscher-Material und -Gerät anliefern; des Dichters also mit herakleischer Stärke, der zu einen und nicht zu sondern gekommen ist, der's zusammenfügen muß über die Jahrhunderte hin, der ganze Epochen säubert, bis er auf den Kern ihrer Frühe stößt und ihn bloßlegt. Wo er ihn berührt, wird er selbst mit

Ursprung begabt, gelingt es ihm, in Zungen der Frühe gleich mit den Frühen zu sprechen, dort kann er nun übersetzen, das ist: sein Deutsch schaffen, es erneuern. Erneuern, ja, nicht kunststopfen; keine Verwandlungstricks, keine Maskenspiele des Stils – niemand war ärger feind allem Späten und Unechten als ebendieser Übersetzer, der nicht den geringsten sentimentalen Sinn besaß für gute alte Zeiten. Dem an Wiederherstellung früherer Verhältnisse gar nichts, an der Wiederkehr der Frühe alles gelegen war. Deshalb klingen Richtworte wie konservativ und Restauration, die schon für alle möglichen politischen Possen herhalten mußten, so unwürdig im Zusammenhang mit seiner Person, so lächerlich seitenverkehrt auch, da vor unserem Ohr inzwischen der Fortschrittseiferer sich konservativ nennt und das »Zurück zu« ein Kampfsignal der Weltverbesserer wurde.

Borchardts Restauration aber, zu welchen gesinnungspraktischen Konsequenzen sie ihn auch geführt haben mag, ist von den Wurzeln her universalpoetisch im Geist Herders und Friedrich Schlegels, als die zeitenspaltende Sehnsucht nach dem Ersten und Ganzen.

Es ist ein zutiefst religiöses Programm. Es will Ursprung zu Ursprung fügen, über alle Vergänglichkeit hinweg. Aber da es nun fraglos inmitten der Geschichte mit mythischer Entgegnung auftritt, gerät es auch notwendig in den Stand des geweihten Irrtums. Da aber zum anderen Borchardt der umfängliche Apparat der philologischen und historischen Wissenschaft des 19. Jahrhunderts zur Verfügung stand und er ihn mühelos beherrschte, handelt es sich gewissermaßen auch um einen gesunden und kompetenten Irrtum, der ihn vorm Irrsinn bewahrt; darin ungleich dem anderen großen Wiederbringer, der mit Ursprung beladen über seiner Last in die Knie brach, dem ihm nicht nur pindarisch verwandten Hölderlin.

In den Kontinuitäten stehen, so schreibt er einmal an Hofmannsthal, wer das nicht könne, der sterbe an Selbstgift wie

Nietzsche und Hölderlin, Kleist und Keats. Borchardt zerbricht nicht; aus Selbstzucht, aus Visionen der Gesundheit, aus tiefgeordnetem Geschichtsgefühl. Seine Entscheidung – unpassivisch wie der ganze Mann – ist eindeutig, hart und tatenfroh: Wiederherstellung, nichts anderes.

Sein Schutz, der Schutz eines fast dämonisch erwartungsgespannten, zu höchster Führung bereiten Menschen, liegt in seiner strenggläubigen Auffassung von den Heil-Zeiten als einem gleichsam durch die Geschichte wandernden Goldenen Urzeitalter, das aus »geschichtschemischen« eher denn aus historischen Prozessen auf- und abtaucht. An seiner Zeit, an irgendeiner Zeit zu leiden, das ist noch kein Talent, noch weniger ein Schicksal, denn »die Epochen waren immer fürchterlich«. Folglich ist sein Lebens- und Schaffenswille von Anfang an darauf gerichtet, »mich im Bereiche meiner Kräfte der Geschichte des menschlichen Geistes unbedingt einzuheilen«.

Der Zusammenbruch seines Geistes erfolgt dann nach Ablauf von Borchardts Lebenszeit, als seine Wirkung überhaupt erst hätte beginnen müssen, um so jammervoller, nämlich in Form des wohl einzigartigen Überlieferungsbruchs, der die öffentliche Nachwelt von seinem gewaltigen und anspruchsstolzen Werk bis heute trennt.

Brauchen wir etwa jetzt schon das Borchardtsche Genie der Überlieferungskunst, um uns dem Dichter selbst zu nähern – ihn überzusetzen über das stehende Wasser der Verkennung, Mißachtung, des Vergessens und, sagen wir es deutlich: der mangelnden Bildung und Empfangsqualität unseres Bewußtseins?

In dem frühen *Gespräch über Formen*, das den verdeutschten *Lysis* des Platon einführt, dem Werk des kaum Fünfundzwanzigjährigen, finden sich bereits die wichtigsten Operationen angeführt, die den Dichter als den Überbringer mit den »schicklichen Händen« (Hölderlin) darstellen. Ja, das zwiegestalte Stück ist mit seinen heiteren, mehrfachen Symmetrien selbst der lebendigste Beweis für die gelungene Technik der Wiedergewinnung: der Frühdialog Platons, in dem sich eine neue literarische Form erst bildet, nämlich das Gespräch, das er der Welt dann als »sein schönstes Geschenk übergeben wird«, besitzt die fortzeugende Kraft des Anfänglichen und stiftet auch das *Gespräch über Formen*. Denn auch in ihm geht es um nichts anderes als um das Programm eines Wiederanfangs: um die Ankündigung einer neuen Zeit, einer neuen, traditionalen Kunst, als deren oberste Gattung eben die Übersetzung des literarischen Meisterwerks angesehen wird. Attische Wechselrede und moderne kritische Unterhaltung gehen darüber noch feinere Entsprechungen ein. Wie dort Sokrates mit dem schönen Lysis, dem neugierigen und geduldigen Knaben, das Wesen von Freundschaft und Liebe erkundet, so erschließen hier die beiden Kunstfreunde – nach allerlei philologischen Streifzügen und Seitenhieben – zuletzt allein den Liebenden, den Enthusiasten als den wahren, den originalen Übersetzer. Es ist derjenige, der sich mit aller Sehnsucht nach seinem Gegenstand verzehrt und doch zugleich in der Lage ist, »Distanz zu ertragen«, der nicht versucht, das Alte uns modern, das Unverständliche daran uns verständlicher zu machen. Denn die Griechen »tout comme chez nous«, das ist beinahe wie: die Geliebte, von der man sich noch alles verspricht, plötzlich, ohne Übergang auf seinem Sofa sitzen zu haben, noch am Mittag im Morgenrock und unfrisiert, in Frotteepumps, mit der Nagelfeile die erträumten Fingerspitzen scheuernd.

Schwärmerisch wird dagegen vom neuen Dichter gefordert: er habe vor die Formen hinzutreten, das Herrliche niedergeworfen zu erleben, ja sich zu opfern im Schattenreich der Werke, »ich bin nichts« zu stammeln und schließlich doch alles dafür zu tun, daß er »eine größere Manier, dazusein« erlange.

»Wer Formen fühlt, ist ein Liebender und darf den großen Liebenden aller Zeiten an den Saum des Mantels rühren.«

Formen sind freilich nicht die Container des Kulturtransports, sie sind die Substanz der Sehnsucht selbst, das Plasma der Überlieferung. Formen schützen wohl die Gattung, die Spezies der Kunstwerke, nicht aber das künstlerische Individuum, das ihnen vielmehr innestehen, sich ihnen einheilen muß, um zu werden und zu überleben.

Jedoch, wie wir nicht erst heute sehen, sterben vor den Formen die Konventionen aus, durch die das Verstehen und die Verständigen möglich werden.

Die klassische Altertumswissenschaft im 19. Jahrhundert brauchte zu ihren Glanzzeiten ganz einfach den Typus des stillen Homer-Lesers im Volk, den im Original lesenden bürgerlichen Humanisten. Allein seine Existenz, sein passives Bedürfnis, stand in einem förderlichen Verhältnis zu ihrer Leistung und öffentlichen Bedeutung. Ebenso geht etwa Wielands »Sermonen«-Übersetzung geradezu aus den Ansprüchen eines gebildeten Publikums hervor, in dem jeder seinen Horaz auswendig kannte, und entstand wie eine höchste und reife Laune aus dieser Konvention und zeitgenössischen Kennerschaft.

Daß er mit Vergleichbarem nicht mehr zu rechnen habe, sieht denn auch der junge Dichter-Übersetzer im *Gespräch*. Ja, der trotzig-stolze Enthusiasmus Borchardts scheint sich gerade aus dem Wirbelsog der Verständnisverluste, der ihn umgibt, erst recht zu erstärken. Was also, wenn um Dichtung und Überlieferung keine schützende, mitliebende, mitschaffende Gemeinschaft sich mehr hält? Dann muß ein jeder die Antike aus sich selber neu erschaffen – »nur durch dein eigenes Blut bringst du den uralten Mund zum Sprechen«. So laute die soldatisch-lyrische Weisung; und so verfahre denn die durch ebensoviel Mannesmut wie Beschwörkraft beschlossene Opfer-Kunst der Kunst. Obgleich ihm Pathos nie ausgeht und Erregung, schroffe Schwärmerei stets zu seinen schönsten Einsichten führen – denn: »ich glaube nicht, daß die Wahrheit … nüchtern an den Tag gebracht werden kann« –, wandelt sich schon bald die Leidenschaft, und das hochgestimmte Subjektive nimmt gegen die spirituelle Pflicht des Übersetzer-Dichters ab.

Zehn Jahre nach dem *Gespräch*, das er 1902 Hofmannsthal vorlas, schreibt er an den Freund: »Ich bekam vor drei oder vier Jahren ein Gefühl der Inanition, eines innerlichen Ausblassens und Erfrierens in Kunstformen, deren letzter Trieb nicht zur Gestaltung strebte sondern zur Dekoration, das zu einer wahren Krise führte ... Ich habe in ihr die Reste des ›Cant‹ meiner Generation abgelegt, den falschen Flitter, die falsche Vornehmheit, den falschen Snobism, den falschen Aristocratism –«

Mit der vollendeten Pindar-Übersetzung packt ihn dann ein unbeschreibliches Gefühl des Stolzes und des Glücks, nun hat er der »deutschen Sprachgemeinschaft«, und nicht nur dem erlesenen Kenner, dem Freund, eine ganz neue Materie eröffnet, nachdem es ihn über Jahre beängstigte, »denken zu müssen daß ich alleine und gewissermaßen verstohlen auf dem vergrabenen Schatze hockte wie Reptilien in den Märchen. Ich wußte das es nicht zehn Menschen in unserer gesamten Kulturwelt gab die diese unglaubliche, unvergleichliche Poesie unmittelbar genossen und sich assimilierten ...« Nicht den einsamen Verständigen kann die allzu große Gabe, sie muß dem ganzen Volk gehören, und der Überbringer hat das instinktive Ziel, »durch die Gesamtheit meiner Arbeit die Gesamtheit meines Volkes in seiner weltbestimmenden Funktion zu repräsentieren«. Der Dichter tritt in den modernsten Tagen nicht anders als in den frühesten in sein Sänger-Amt, wird zum »Zeugen des Volkes« (Hölderlin) berufen. Er, aus der Mitte aller stammend, hat nun für alle zu sprechen. Als das »lebendige und wandelnde Gedächtnis der Welt« begegnet er seinem Volk, und es muß sich nun weisen, ob es »durch das Medium des Dichterischen sich seiner Erregungen oder seiner Erinnerungen ... seiner Hoffnungen und seiner Satzungen bewußt wird«.

Dies Volk ist gewiß ein sagenhaftes und nicht unter der Bevölkerung zu finden, auf Straßen und Sportplätzen nicht, die die beschäftigte Menge füllt; es ist vielmehr mit seinen Königen tief in den Berg gesunken und schlummert dort, bis seine Stunde kommt. Von dort, aus einmütiger Gemeinschaft steigen Heilkräfte zum alleinstehenden Dichter, von dort empfängt er seine poetische Legitimität, und man muß annehmen, daß der Mythos, die fromme Fiktion ihm tatsächlich die nötige Stärke und Zuversicht verlieh, um dieses fast unbeachtete Gigantenwerk an Dichtung, Rede und Sprachschöpfung zustande zu bringen. Denn die Vorteile, die Rechte und die Stellung eines gelobten Dichters in seinem Volk wurden ihm weniger als jedem anderen zuteil.

Scharf und unduldsam werden die tatsächlichen Verluste markiert, bitterlich wird mit Schillers »Nänie« das vergehende Schöne, das Vollkommene, das stirbt, beklagt – aber unverzüglich wird darauf zu Wiedereroberung, zu Ausgleich und Wiedergutmachung geschritten. Kein Konzept kann ihm daher verwerflicher erscheinen als das vom »Untergang des Abendlands«. Mit Inbrunst beruft er gegen dergleichen Ideen-Stümperei die »Ewigkeit der Abendländer«. Der poetische Fundamentalist kehrt gegen Geschichte und Vergehendes die gedenkende Macht der Dichtung, dem Zeitenwandel enthoben wie Religion. »Denn Denken ist ein heimliches Gedenken, und wir sind nicht was wir sind, sondern was wir wieder werden können.« Und dies Werden geschieht im Gegensinn zur Evolutionsgeschichte, »denn dem Einen zu, das alle Abwandlung wieder erbt, geht der ewig nach Integration, nie nach Differenzierung strebende Weg der Menschheit …«

Das Prozeßschema, das Linien von Fortschritt oder Verfall entwirft, kann nicht das letztgründliche der Geschichte sein. Sie vollzieht sich vielmehr – für den Fundamentalisten – im langwierigen Wechsel von gottnahen und gottfernen Zeiten. Das Heilige geht in ihr sowenig verloren wie Energie im

Weltraum. Sein Kommen und Schwinden, Mythennähe und Profanität unterscheidet die Epochen. Auf das altionische priesterliche Griechenland folgt die entgötterte Hybris der attischen Demokratie – »der Abgrund von Revolution und Zerstörung, in dem während des siebenten und sechsten Jahrhunderts das altgriechische Gestaltenerbe Seele und Sphäre und Sinn eingebüßt hat« (und als nur einer Retter der Geheimnisse, Retter der Frühe war: Pindar, der große antike Restaurator, der Bruder-Poet). Umgekehrt folgt etwa auf die frivole Aufklärung des 18. Jahrhunderts die fromme Reformation der Romantik. Gegen die »grinsende Puppenhaftigkeit«, der degenerierten Vernunft beginnt mit Herder, mit der Entdeckung der Poesie als der »Muttersprache des Menschengeschlechts«, die Verjüngung der europäischen Völkergemeinde, entsteht aus der Wiederberührung mit ihrer lyrischen Urzeit der neue Epochengeist.

Gleichwohl bleibt das 19. Jahrhundert eines der größten schismatischen der Weltgeschichte. Schuld daran ist allein der ihm »und nur ihm angehörende Begriff der Emanzipation«, die ursprüngliche Quelle aller unserer fortzeugenden Irrtümer, da soziale Emanzipation stets nur Freigelassene und niemals Freie schaffen kann und da – nach der Dialektik der Borchardtschen Kulturgeschichte – auf den Gräbern aller geschichtlichen Kulturen steht, »daß Epochen der Freigelassenenherrschaft nicht der Beginn der Freiheit sind, sondern das Ende der Freiheit«. Der Grundsatz der Emanzipation ist nämlich die unendliche Emanzipation, sie muß immer »neue Quanten von Emanzipierbarem finden«. Dem Fortschrittsradikalismus – der Herrschaft des Chronos, der seine Kinder verschlingt – fallen nicht nur Religion und Brauchtum, sondern fällt unvermeidlich auch die Erinnerungskraft der Dichtung zum Opfer. Sie wird zur Literatur, zur politisierten – »eine ausschließliche Schöpfung des Ottocento« –, wird die Hörige des Primats der Politik, statt wie bis dahin »der Politik den Gehalt zu geben, wie von Dante und Petrarca zu Macchiavelli, über Milton und Voltaire zu Schiller, über die deutsche Romantik zu Hegel ...«

Das singende Bewußtsein, das nur Arché und Hierarchie belobt, hätte sich im Zeitalter der Revolutionen kaum aufrechterhalten, wäre da nicht das goldene Interregnum, das nahe und wirkliche, das auch dem modernen Menschen bewiesen hat, daß Wiederanknüpfen und Innehalten in der Geschichte möglich sind: die deutsche Romantik nämlich, die große Pause zwischen 1789 und 1848, in der sie ihre Kolonien in ganz Europa errichtete.

Für Borchardt ist es allen anderen voran Herder, dem er die Zuversicht verdankt: daß der historische Blick ein erneuernder ist: daß nicht heilloses Vergessen die Geschichte regiert, und wenn sie noch so tolle Sprünge macht – daß immer wieder die mächtigen Propheten der Erinnerung auftreten, um die Risse zu heilen, die Kontinuitäten zu gewährleisten. Herder, »vor diesem Talisman in meiner Hand sprangen die Riegel aller Zeitgefängnisse auf«.

Auf diesem freien Weg gelangt der Frühesucher tief hinein ins europäische Mittelalter, entdeckt seine reichentfaltete Kultur, die der Ruhm der Renaissance zu Unrecht in den Schatten stellte und die von der Aufklärung dazu noch künstlich verfinstert wurde. Mit den Mitteln des inspirierten Gelehrten und mit dem Stilwillen des Dichters hebt er die Schätze des 13. Jahrhunderts aus Verschüttung und Verkennung, kehrt er ein in die Sprache Hartmanns und Wolframs und wird selbst darin Epiker, als wär's noch eine lebendige fortdauernde Mundart. Und ebenfalls auf diesem Weg, dem großen romantischen Erbgang, der Gedächtnis-Befreiung, gelingt ihm das höchstgewagte seiner Werke, der *Dante deutsch*, an dem er mehr als zwanzig Jahre arbeitet. Die *Comedia*, nicht übersetzt, nicht nachgedichtet noch etwa in eine moderne zeitgemäße Version gefaßt, sondern gleichsam von Grund auf miterzeugt in einem nie gesprochenen, wohl aber möglichen, historisch versäumten Idiom, das sich dem ebenfalls zu

Dantes Zeit nicht gesprochenen Toskanisch geschwisterlich verbindet. Ein schwebendes fiktives Kontinuum über einem tatsächlichen historischen Bruch: dem zwischen der alten oberdeutschen Dichtersprache und der sehr viel jüngeren, blasseren ostdeutschen Gemeinsprache, der Schreibstuben- und Flachlandprosa, die allein Goethes Genie so veredelte, daß sie neuhochdeutsche Dichtersprache wurde.

Borchardts Dante, das ist in Wahrheit eine Dichtung, die den Zufall einer sprachgeschichtlichen Entwicklung unter ihrem Zauberbann ungeschehen macht, ihre Notwendigkeit außer Kraft setzt, widerruft. Im Dichter bleibt der ganze Stammbaum seiner Muttersprache lebendig und strebt auch an jenen Zweigen weiter, die in historischer Umgebung ihr Wachstum längst beendet haben.

»Geschichte ist, was gewesen ist; Poesie ist, was hätte sein können; das Mittlere zwischen beiden, wofür ich keinen Namen habe, ist, was hätte sein sollen, ja was hätte sein müssen.«

Den Namen für nachträgliche Geschichte liefert die anachrone Schöpfung des *Dante deutsch.* Auch einem sehr großen Dichter gelingt so etwas nicht aus reiner Dichterfreude; er muß einen größeren Vorsatz fassen, um derart den Ida auf den Ossa zu wälzen. Eine Ära muß er stiften wollen und ein Jahrhundert – und wenn es auch ein früher vergangenes ist – neu in Bewegung setzen. Der »Durchbruch durch Goethe« (so der Titel eines geplanten Aufsatzes) sollte geschafft, Glück und Ende der neuhochdeutschen Dichtersprache ein für allemal bestimmt werden, dieser »Kolonistensprache emporgearbeiteter Stände«, die das Volk aus sich verbannt hatte. Seine Dichtung indessen sollte verlauten »im Namen der deutschen Millionen, die alemannisch fränkisch bairisch heut wie immer sprechen«. In seinem Deutsch also konnte er das geheilte Reich vorzeigen, dort das Hohe dem Grund wiedervereinen, den Priester dem Volk, den Fürsten dem Dichter. Vernichtung des falsch Bestehenden nicht durch Kritik, wie es unsere moderne Kampfart geworden ist, sondern durch

Schöpfung – so galt schon der Spruch, als er daranging, das klassische Antiken-Bild, jeden Klassizismus überhaupt, durch die Wiedergabe der *Altionischen Götterlieder* zu zerstören. Und so geschah es erst recht, als er mit seinem Gedicht die Kruste der Verfremdungen vom Mittelalter sprengte, fast entschlossen, »meiner ersten großen verschollenen Nationalliteratur ihren Tod nicht hingehen zu lassen«, und also vor die Deutschen trat, um ihnen das Geschenk eines archaisch-reformierten Altertums zu machen.

Sie haben sich nicht viel daraus gemacht. Wir sehen heute dies Geschenk, das Gesamtwerk Borchardts, an derselben Stelle achtlos liegengelassen, an der es übergeben wurde. Gemessen an seinem Rang blieb keiner der großen Autoren des 20. Jahrhunderts gemiedener als er. Wenn seine Lyrik (wie die Georges) und seine erzählerische Prosa (wie die Hofmannsthals) gegenwärtig kaum gelesen werden, so mag das unter anderem unsere ganz ans Subjektive gebannte Kunstgeschichte der Nachkriegszeit verhindert haben, die Konvention der großen Erlaubnis, wo der Impuls alles, der Formaffekt wenig bedeutet, wo kein ferner Ursprung mehr erlebbar ist als das eigene Sich-Befinden. Daß aber die ganze ideelle Gestalt dieses Mannes, sein Halbgötter-Kampf zur Überwindung von Modernität, übersehen bliebe bei all den unruhigen Versuchen jetzt, sich neue Begriffe von Herkunft und Überlieferung zu machen, wäre denn doch sehr verwunderlich. Sollte es seine fabelhafte Überlegenheit sein, die kaltläßt, seine Wissens- und Wortgewalt, die durchaus abschreckend blenden kann und die nichts unausgesprochen läßt, was man selber über ihn zu sagen wünschte? Oder ist es sein politisches Bekenntnis – »selbstverständlich Monarchist damals, intransigenter, absoluter und schweigsamer Legitimist heute«: 1927 –, das den Blick von seiner Meisterschaft als Autor immer noch ablenkt oder von der ganzen Person fernhält? Er hat für die Entstehung von Vergangenheit nichts Geringeres geleistet als Musil für die Entstehung von moderner Zeitgenossenschaft. Und es fällt doch nicht mehr so leicht, hier eindeutig die wichtigere, folgenschwerere Hervorbringung zu bestimmen, da wir nun auf beide Erbtümer gleichmäßig und gleichzeitig angewiesen sind.

Seltsam beobachtende und anempfindende Wesen, die wir geworden sind, prüfen wir einen solchen Mann nach seiner Haltung, prüfen ihn mit unseren Sammleraugen, ein kostbares, höchst ausgefallenes Gesinnungsexemplar. Vor uns unter Glassturz Geschichte, ein Präparat (jedenfalls präpariert ihr subjektiv-begehrender, ihr geschichtsbewußter Anteil). Wo die Wiederberührung mit der unbarmherzigen Frühe nicht mehr erlangt oder gewagt wird, dort verweilt um so lüsterner der Laborblick. Doch dann, beinah abrupt, so scheint es uns, wird zu *einer* Zeit die ganze Spanne, der große Transfer von Pindar zu Borchardt. Und zu einer anderen die unsere. Die Distanz ertragen. Von einem Gegenwartsautor zu Borchardt ist der Weg unter Umständen sehr viel weiter als der, den Borchardt zu Pindar zurücklegte. Und wenn im *Gespräch über Formen* die beiden Jünglinge über den mangelhaften Griechischunterricht auf wilhelminischen Gymnasien herziehen, dann blicken wir uns schüchtern um – an wie vielen unserer Schulen wird überhaupt noch Griechisch unterrichtet? Längst ist es zu einem abgeschiedenen Sonderfach geworden, das Medium, durch das Entstehen verstanden wird.

Wir nehmen die Verluste hin, einen nach dem anderen, und sind allesamt ernsthaft überzeugt, daß Rationalität uns besser tut als jenes schöne Wissen und daß jede Methode der Anpassung an Gegenwart wertvoller ist als die Lehre der Erinnerung. Gäbe es einen Borchardt unserer Tage, der noch einmal eine restitutio in integrum heraufführen wollte, er würde nicht einmal mehr als der großartige Don Quichote angesehen, wäre nicht mehr der Mittebildner auf verlorenem Posten, sondern von vornherein »auch nur ein Exot«, der seinen ausgefallenen Tic unter tausend anderen Ticverkäufern anböte. Das Allgemeine drängt zu nichts Allgemeinem mehr. Es geht über in ein offenes Schema von Sektionen und Disjunktionen. Und das Viele, je »vernetzter« es geschieht, um so unvermittelter zueinander. Denn es gibt keine Vermittlung zwischen Geheimnis und Meinung. »Dichter wissen das Viele aus sich« (Pindar). Borchardt war vermutlich der letzte, der das Innestehen im Ganzen – dem ganzen Sprachraum, Volk, Reich, Abendland erlebte, das hochintegrierte Dichter-Wissen. Und es gelang ihm schließlich auch ohne Volk und Reich: allein in seinem *ganzen* Deutsch.

Die Jugendszene um die letzte Jahrhundertwende, sofern sie sich der englischen Mode ergab, wie wir an den beiden Ästheten des *Gesprächs* studieren können, muß ein stilvolles Gegenbild zu der unseren gezeigt haben, die im Zeichen der Rebellion begann und eigentlich darin ihre letzte Traditionsverbundenheit bewies. Seither bewegt sich das große monotone recycling des Neuen und der Neuigkeiten, an das Jugend wie selbstverständlich angeschlossen scheint. Damals hingegen trug man sich antibourgeois von oben herab, auch als Kaufmannssohn wie Borchardt, altklug tief hinter die Eltern zurück, vergangenheitshörig, und wiederaufbereitet wurde eben das Gedenken selbst. Alles, was gerade dabei war, verlorenzugehen oder schon als verloren galt, trat nun als Ideal oder Leitbild auf. (Nicht zufällig waren es in der bildenden Kunst die englischen Präraffaeliten, die Borchardts stärkstes Interesse auf sich zogen, die hohe Bruderschaft der Altertumserneuerung, deren Stil und Programm ihm vorbildlich wurden.)

Es ist nicht weiter danach zu fragen, weshalb in der jugendlichen Periode unserer Nachkriegszeit ein »Konservativer« keine Leitbildfunktion übernehmen konnte. Es war so nötig wie richtig, andere Entscheidungen zu treffen. Dennoch mag es – »im Spiel der geschichtlichen Möglichkeiten« – erlaubt sein, sich vorzustellen, daß an der Pforte unserer Demokratie nicht allein der Engel mit dem kritischen Schwert gestanden hätte, der Wächter über Aufklärung und fortschrittliches Bewußtsein, sondern eben auch jener eines wissenden, schaffenden Bewahrens; daß also neben einem Benjamin auch ein Borchardt gestanden hätte. So wie auf Odins Schultern doch beide Raben saßen, die hießen »Gedächtnis« und »Gedanke«. Nun blieb aber Borchardt bis heute unvereinbar mit jeglichem Typus, den unsere neuere Literatur herausgebildet oder wiederentdeckt hat – mit dem sozialverpflichteten Schriftsteller ebenso wie mit dem Anarcho-Radikalen oder dem empfindsamen Empörten; oder schließlich gar – er, der durch und durch Ausgesprochene! – mit der Kultgröße des hermetisch-fragmentarischen Poeten, lauter Außenseiter, die sich zuletzt alle miteinander im justemilieu des Subversiven gut vertragen. Wir haben überhaupt nur den Anti-Helden erfassen und anstrahlen können – Borchardt aber stammt nun eben aus dem Heraklesgeschlecht. Ein harter Edler, kein Sonderling, kein poète maudit, den die Moderne so bereitwillig in ihr Herz schloß. Für den Typus des Wiederbringers waren wir bislang nicht disponiert. Es muß ja immer gleich ein Schemawechsel, Leitbildwandel zu Hilfe kommen, damit wir dann auch im einzelnen besser sehen und etwa einen verpönten oder verkannten Dichter neu entdecken. Um das abgetrennte Singuläre genau zu bestimmen, fehlt uns das Organ und die Methode.

Wie auch immer – als erstes gilt es jetzt, dies Werk zu lesen, seine Schätze zu heben, weiterzugeben, und sei es nur, um mit diesem leidenschaftlichen Antipoden neue Spannungen in die deutsche Literatur der Moderne zu tragen.

Natürlich, es wird sie in genügender Zahl geben, denen, selbst wenn sie mit dem Finger unter der Zeile läsen, Borchardt unverständlich bleibt wie eine Fremdsprache, die sie nicht erlernt haben. Andere wiederum, indem sie langsam lesen, werden die excitierende Wirkung spüren und selber in einen Zustand von *viel Sprache* versetzt; es regt sich etwas in ihrem Deutsch. Viel Sprache ist kein Mengen-, sondern ein Dichtewert. Auch unter den Großen haben sie nur diejenigen, die an die Quellen rühren; äußerlich spröde, zerbrechlich gar, sind sie die wahren Überträger. Drei Stunden Hölderlin oder Borchardt gelesen, besehen, erkundigt, und es füllt sich das Gedächtnis aus allen seinen Höhlen, es läuft der Traum im Bewußtsein zusammen, der Appetit auf Gestalt und Form wird unbezwinglich. Man will die überraschenden Gesetze, die belebenden, genau erfahren: wie richtig bezogen gefügt geschlossen ist das geschrieben, was ich so nie zuvor ausgedrückt fand! was ich nicht einmal kenne und sogar bezweifeln könnte, wenn es nicht so regelrecht und rechtmäßig ausgesprochen wäre. Viel Sprache haben (oder daran teilhaben) heißt in ein uner-hörtes Geregelt- und Geordnetsein vorstoßen. Nichts bleibt Vokabular, alles wird Förderung und Fügung. Es bleibt kein unproduktives Wort, kein Wort übrig. Dies Deutsch wirkt deutschzeugend in jedem, dem es eingeht. Es ist im Wortsinn des Anspruchs voll, insofern es von der Silbe her auf Resonanz gestimmt ist und ruft, wachruft, was an verborgener Sprachgemeinschaft unter dem Kürzel-Regime der Kommunikation schlummert. Es ist ein wirksames Tonikum gegen die mangelnde Durchblutung von Vergangenheit in unserem Befinden. Im Grunde eine einzige Auflehnung – und wohl auch die einzige, zu der Borchardt sich bekannt hätte – gegen den Mythos der Jetztlebigkeit.

Die Erde – ein Kopf

Dankrede zum Georg-Büchner-Preis

1989

… ausgiebig hat man Büchner, den Dichter des Vormärz, im Spiegel der Gegenwart betrachtet und für die Jugendlichkeit der eigenen Epoche in Anspruch genommen. Ein Seminar-Idol ist er geworden, Held einer beispiellosen Editionsgeschichte, Heiliger des kritischen Literaturunterrichts, man kann ihm kaum noch selbst begegnen …

Betrachten wir abweichend einmal unsere Gegenwart im Spiegel des Leonce und entrücken sie ins Reich Popo, so zeigt sich bald, das künstliche Lustspiel hat auch für unsere Daseinsbeschwerden noch Platz, wir passen aktuell dazu, es schließt uns ein. Das Leonce-Prinzip: vertieftes Leer-Empfinden bei allgemein erhöhter Irrealität – hat sich bloß technisch ausgeweitet, gigantische Labors sind in Betrieb zur Erzeugung von Unsinn und Schein und um uns die Welt vor den Augen zu zerstreuen. Es bleibt unsicher nach wie vor, ob diese Welt, wie Valerio behauptet, ein »ungeheuer weitläufiges Gebäude« oder ob sie vielmehr, wie Leonce entgegnet, nur ein enges Spiegelzimmer ist, in dem man kaum wagt, die Hände auszustrecken, aus Furcht, überall anzustoßen, so daß »die schönen Figuren in Scherben auf dem Boden lägen und ich vor der kahlen, nackten Wand stünde«.

Was ist Glashaus, was ist Welt? Was innen, was außen? Was Automat und was Organ? Nicht mehr zu unterscheiden. Wir fühlen unseren Kopf Globus werden und gehen auf einer Erde, die sich anschickt, ein einziger Kopf zu werden. Die verschaltete Welt ist das komplette artificium, die künstliche Kunst nur ihr oberster Verdichtungsgrad. Das hermetische Lustspiel ist kein satirisches Gleichnis mehr, sondern inzwischen ein Gestaltteil, Modul einer radikal erfundenen Wirklichkeit. Wir haben im Höchstkünstlichen noch einmal die ganze Welt. Kein Einlaß, kein Auslaß: nach Schließung des Kunstwerks.

»Gesellschaft« heißt jetzt der etwas unübersichtliche Hofstaat, »Freizeit« ist, was Leonce den »entsetzlichen Müßiggang« nannte, und statt durch günstige Heirat vermehrt man sein Vermögen heute auf freien Märkten. Bunte Welt der Demokratie, wahrer Materialismus, Blütezeit der Dinge. Harte Rhythmen, schnelle Schnitte. Daneben Todesängste wie vordem, Unheils-Witterung, Degouts und überdüngte Träume, Gelüsteschwund, auch Überdruß und Langeweile sind gründlich demokratisiert. »Die letzten Tänzer haben die Masken abgenommen und sehen mit todmüden Augen einander an.«

Spraysprüche auf restauriertem Jugendstil: »Science = Death«, »Isolationshaft ist Folter«. Verstehen wir es richtig herum: Isolationen sind die Zellbausteine des Gemeinwesens. Aus Isolationen erhält es sich rätselhaft. Millionen Eingeschlossene lassen sich eine Welt der Kommunikation vorspielen. Das versperrte Nebenan der armen, grauen Woyzecks mit Übergewicht und der blutjungen Models mit der edlen Apathie. Die Schweißfahne des Joggers im Park und das *Eau sauvage* des Kranführers vor seinem Kontrollschirm.

Wir hören: auch die Erbgänge in Kreisen mit kleinen oder mittleren Einkommen nehmen zu nach vierzig Wohlstandsjahren. Das Geld drängt auf den Kapitalmarkt. Lebensversicherungen werden zu schwindelnder Höhe aufgestockt, der Status steigt wie Hochwasser nach der Schneeschmelze – und hinterläßt mancherorts ein Bild der Verwüstung. »Dies ist ein Land wie eine Zwiebel«, findet Valerio, »nichts als Schalen, oder wie ineinandergesteckte Schachteln, und in der kleinsten ist gar nichts.«

Ist es das, was der junge Darmstädter Konspirant erträumte? Freiheit von Tyrannenwillkür und Polizeistaat, Freiheit von Zensur und Bespitzelung, Überwindung des sozialen und kulturellen Elends der Massen: haben wir nicht alles erreicht? Besteht nicht der Irrtum späterer, ideologischer Revolutionäre darin, daß für etwas *nach* der bürgerlichen Demokratie keine politischen Wünsche mehr frei sind? Gab es nicht sogar eine Revolution zuviel in Europa? Die rote Sonne des Jahrhunderts schmilzt in den blauen Westen ab – und das war einmal unser Morgen! Gerechter soll es unter Menschen nicht werden, freier nicht als hier. Doch was immer bleibt und immer wieder anschwillt, ist das Gefühl: das ist es noch nicht; irgend etwas war da noch, das fehlt. »Frei und glücklich war Germanien« heißt der (vom Co-Autor Weidig, nicht von Büchner angestimmte) schwärmerische Unterton des Hessischen Landboten. Was eigentlich fehlt, steht in der Retro-Utopie des revolutionären Programms, in seinem Märchengrund. Frei und glücklich war Germanien nie. Irgend etwas fehlte immer. Der Mangel an Wohlsein – Wohlergehen, Platons Gruß – wird niemals allein von Politik oder sozialen Verbesserungen beseitigt.

Aus Australien wird eine neue Sportart gemeldet, das Zwergewerfen. Die internationalen Liliputanerverbände haben schärfsten Protest erhoben. In Amerika ist jeder dritte unter den Jungen ein Analphabet. Wir sind aus Tabellen und werden zu Tabellen. Im Smog von Mexico City fallen die toten Rotkehlchen vom Himmel. Die Japanerinnen lassen sich Haut aus den Augenlidern schneiden, das Kinn anstücken, damit sie europäischer aussehen und einen guten Bürojob bekommen. In den Augenkammern erwachsener Mäuse werden Hühnerzehen gezüchtet. Einskommazwei Milliarden Chinesen wollen Amerikaner werden. Selbst in den strengen Vereinigten Emiraten ist das Video bis hinter den Schleier gedrungen.

Alles ist jetzt und das Ganze ein Moratorium. Das geschäftige Treiben eines längeren Aufenthalts. Nichts scheint veralteter, als keine Zeit zu haben. Quer durch den Basar führt der Laufsteg der Erlösungsmoden, ruft man die neuesten Überzeugungen aus, werden Erweckungen und Bewegungen feilgeboten wie auf den Glaubensmärkten der Spätantike. Ach, ohne Hand und Fuß ist doch der Kopf bloß ein augenrollendes Monstrum! Da treibt es hin, ein überfülltes Bewußtsein, allein in der Kälte der Sphären ...

Wenn machtvolle Ordnungen ein Übermaß an Neuem hervorbringen, dann müssen sie mit dem Widerstand, mit den geheimen Einflüssen der Dichter rechnen, die, wie David Jones sagt, »an etwas Geliebtes erinnern«. Anamnesis, nichts sonst, ist ihre Kunst und ihre Pflicht. Sie suchen die Asyle da und dort, suchen Unverletzliches. Unverletzliches Einst, das auf der langen Wanderung, auf der Suche nach Wohlsein verloren und vergessen wurde: Dichtung, Land, das nie faßlich, aber doch da ist, bewohnbar, fruchtbar, unverseucht, lebenschützend, lebenspendend. Ziel. Asyl. Der Dichter ist die schwache Stimme in der Höhle unter dem Lärm. Ein leises, ewiges Ungerührtsein, das Summen der Erinnerung. Die Gegenwart schreibt auf seinen Rücken.

Am Rand der einzigen allgewaltigen Terrapolis bietet er den verborgenen Auslaß für solche, die tiefer in die Zeiten wollen; aus der Stadt gelangt man nur durch ihn.

Inmitten der Kommunikation bleibt er allein zuständig für das Unvermittelte, den Einschlag, den unterbrochenen Kontakt, die Dunkelphase, die Pause. Die Fremdheit. Gegen das grenzenlos Sagbare setzt er die poetische Limitation. Auch ist ihm wie vormals dem ruhlosen Lenz die Welt ein Grund zur Flucht; ein Grund, niemand zu sein oder sehr viele. Seine Stellung, sein Ort vor der Allgemeinheit: unbekannt. Er fände kaum mehr Spuren einer solchen Kultur, in der er zu irgendeiner Repräsentation befähigt oder berufen wäre.

Er sieht sich weder in eine Aufbruchs- noch in eine Untergangsgesellschaft versetzt, sondern zwischen die Konstruktionen des Unaufhörlichen und des Vorübergehenden an sich. Dort trifft er nicht mehr Bürger an, sondern eine seltsame Spezies von Bürgerähnlichen, einen klassenlosen Mischtyp aus historisch reißfestem Synthetikmaterial. Was diese Population zusammenhält, ist im wesentlichen ihre kritische Öffentlichkeit, eine komplizierte Gemengelage von versprengten Interessen, Aufsichten, Gereiztheiten, Gesinnungs- und Sorgestimuli. Hier überlebt das Wort Kultur nur noch in kurioser Bedeutung, als Emphasezusatz im öffentlichen Jargon: »Die verkehrspolitische Kultur unseres Landes droht im Streit um das Tempolimit Schaden zu nehmen.« Zweifellos wird man demnächst auch die Poesie heckenbildender Maßnahmen an gemeindeeigenen Parkräumen einfloskeln, damit auch dieses schöne Wort endlich Bürgernähe erlangt. Der bittere Verdacht kommt auf: der Dichter habe letztlich nichts, aber auch gar nichts mit seinem Volk, mit den glasigen Millionen, die sich fortwährend selbst durchleuchten, zu tun. Ja, sie sind ihm die wahrhaft Fremden. Die Unberührbaren, in ihrer Wohlgelauntheit, in ihrer künstlichen Helle und in ihren stickigen Ressentiments, in ihrem Bordell der ewig schiefgehenden Lüste.

Er spricht folglich – so war es ja nicht immer! – am liebsten zu Entfernten, zu seinesgleichen, so wie er stets auch von ihnen gesprochen wurde. Sein Volk erstreckt sich von Dante bis Doderer, von Mörike bis Montale, von Valéry zurück zu Hamann und zu Seneca – ein zählbares Volk, gewiß, nicht beliebig viele, ein kleiner Bergstamm, Strahler und Kristallsucher über die Zeiten und Länder hin.

Gerät jedoch Literatur unter dieser Beanspruchung nicht in die Gefahr einer ausschließlichen, strengen oder verspielten Selbstbezüglichkeit? Ist es aber wirklich eine Gefahr? Nur was auf sich selbst bezogen ist, lehrt heute eine kybernetische Biologie, kann seine komplexe Umwelt meistern. Warum soll nicht, was für das Leben gilt, auch der Literatur und ihrem Fortbestehen von Nutzen sein: eine solche Autonomie, bei der jeder Schaffensakt Überlieferung, jede Progression Rückbindung wäre? Der Autor reagiert weniger auf eine Welt als vielmehr auf sein eignes Weltverständnis; und dies ist vor allem aus Literatur entstanden. Er ist zuerst und zuletzt ein marginales Vorkommnis eines längst gefüllten Buchs. Sein Werk begleitet randabwärts eine Weile jene immerwährende

Schrift, aus der er hervorging und in die er wieder einmünden wird.

Allen Richtungspfeilen sind die Spitzen gebrochen. (Vielleicht sogar dem der Zeit.) Jenseits von Verfall und Fortschritt gilt es, gewisse Disjunktionen auszuhalten und nicht zu verschleiern. Die sich selbst bestimmende Gesellschaft und die sich selbst bestimmende Poesie finden nur sehr flüchtige, sehr zufällige Berührungspunkte. Die Unübersetzbarkeit eines poetischen Textes in die Welt der Kommunikation ist bereits zu dessen Voraussetzung geworden.

Das Leonce-Prinzip, das Zeremoniell der künstlichen Kunst wird in seiner Mitte gehalten von Schwermut, von einer Gravitation des Tods. Sie läßt den Dichter Büchner nie los. »Ein Gefühl von Gestorbensein war immer über mir«, schreibt er der Braut. Und es bewirkt, daß Eifer und politische Empörung niemals die Schwellen zum Werk überwinden und alles Ideelle darin stets als ins Dunkle geläutert erscheint. In der Kunst sind wir häufig genug Abtrünnige unserer besten Gelöbnisse und Programme. Vielleicht ist es gerade die abgelenkte, die nicht verbrauchte Kraft des Revolutionärs, die Büchner zu einem Autor von so hoher Beginnfähigkeit werden ließ. Der Dichter der zwei Jahre, mit den vier Werken, die vier Mutter-Werke, Erstprägungen in der deutschen Literaturgeschichte werden sollten. Viermal auch Neubeginn und Wechsel in der eigenen Diktion. Das faktenmontierte geschichtliche Schauspiel; die Bewußtseinsnovelle; das hermetische Spiel (unter der Berücksichtigung, daß es, anders als seine romantischen Vorbilder, zum Theatergenre wurde); schließlich das Unterklasse-Drama. Vier Prototypen zugleich der Vergeblichkeit: schwarz die Geschichte, verloren das Ich, leer das Spiel, unrettbar der andere. Ungeheure Vorstöße in Gebiete ohne Trost. Auf der Ebene dieses frühen Nihilismus lastet das Gewicht eines eben erst gesunkenen Himmels. Er hat noch nichts von der rüden Fraglosigkeit, mit der wir uns unter der Senkrechten hinwegstehlen. Niemand spricht metaphysischer als der, dem Gott sich jäh in der Umkehrung offenbart, in Abgrund, Wunde und Leere. Mit schwerer Versonnenheit spricht Woyzeck, mit zerstörter Frömmigkeit. Büchners Atheismus ist wie ein negatives Erweckungserlebnis, er wird wie ein Hieb, eine Verletzung empfangen. »Zero und Ewigkeit sind eins. Alles geht aus dem Natur-Nichts hervor«, spekuliert Büchners Zürcher Rektor Lorenz Oken, der mit Franz von Baader, dem Mystiker, divinatorischen Physiker, in Verbindung steht. Überall Disjunktionen, bimentale Ansätze. Büchner, der Aufklärungsmaterialist, ist zugleich Büchner, der idealistische Morphologe in der Nachfolge Goethes, der wie dieser in der Mannigfaltigkeit der Erscheinungen nach dem Gesetz der schönen Homologie, der harmonischen Ordnung sucht. Das Zeichen der Urpflanze und das Zeichen der brennenden Fackel regieren zwei getrennte Leidenschaften in diesem jungen Geist, dem unaufgelöste Spannungen der stärkste Antrieb sind. Nur in einem Dritten, der Dichtung, verkehren sie sich und gehen durch eine Art Gemütswandel hindurch. Wo ist der Zorn? Was ist aus ihm geworden? Abgründige Melancholie. Was ist geworden aus der Idee des großen Formenzusammenhangs? Furchtbare Zerrissenheit und Isolationen. Was seinen Grund hatte, verliert ihn im Werk. Es ist älter, sehr viel gnadenloser, auch tiefsinniger als sein Autor. Was Idee war, wird ideenverlassene Physis. Stirn gegen Stein. Was Aktion war, wird bodenlose Müdigkeit.

Büchner, Anatom, Erfinder der Verstörungsliteratur: am Anfang steht die Autopsie, am Anfang der verhängnisvollen Suche nach dem Inneren und Allerinnersten. Sie führt über die Schädelnerven der Barben und die Bewußtseinsklüfte des Lenz geradewegs bis in die Moderne, bis in das Bennsche Gehirnleben, und von dort weiter bis zu den heutigen, neuesten Begriffen von der neuronalen Maschine »Mensch«, vom Netzwerk »Mensch«, das sein Inneres nach außen stülpt, wie Leonce seinen Handschuh. Der zwangvolle Lenz, der auf dem Kopf zu wandern wünscht, ist der einsame Vorläufer dieser um sich greifenden Verhirnung, dieser Zerebralverschiebung der Erde. Die Geisteskrankheit freilich – zentrales Motiv der Moderne – erlebt unter diesen Auswüchsen eine Krise ihrer Metaphorik. Irrealität gehört zum Gewöhnlichsten unserer nüchternen, technisch-ästhetischen Alltagserfahrung. Der Wunsch, auf dem Kopf zu gehen, um sich selbst und das Äußere ins Lot zu bringen, ist nicht mehr symbolkräftig genug, wo beide zu einer einzigen untrennbaren Gewebefläche verwachsen sind; und wo zwischen Wille und Welle, als den Systemen des Ich und der Physik, eine Unschärfe besteht und sich nicht sicher sagen läßt, was aus dem eigenen und was aus dem Welt-Schädel kommt.

Die Literaturgeschichte allein hätte wohl nie den ganzen Büchner entdeckt. Erst das Theater, erst die Aufführungen von Jeßner, Engel, Reinhardt kurz vor und nach dem Ersten Weltkrieg haben sein bedeutsamstes Talent zum Vorschein gebracht: ein überlebensfähiger Bühnendichter zu sein. Und einer, der von allen deutschen am ungeniertesten und lebendigsten shakespearisch war. Er schrieb ein Drama, ein Lustspiel und *den* Entwurf, also das, was einem »Stück« in unserem Sprachgebrauch am nächsten kommt, den sich beständig selbst erneuernden *Woyzeck*. Unwahrscheinlich, daß er je gehofft hätte, eines seiner Werke aufgeführt zu sehen, sie waren für ein Lesepublikum verfaßt.

Gut 150 Jahre nach seinem Tod schreibt bei uns niemand ein Drama mehr; keine Tragödie, kaum je eine Komödie, bestenfalls Stücke werden hier und dort noch geliefert.

Theaterdichter, Ureinwohner des Abendlands, wenige Leute noch und oft vom großen Sein-Lassen ergriffen; ein Stamm, der seine Gelüste verlor und sich nicht mehr vermehrt, nicht mehr ordentlich für seine Ernährung sorgen kann, der die Gebräuche und Techniken seines Handwerks verlernt hat, dem Erinnerung und Bewußtsein sich allmählich auflösen, eine durch Populationsschwund verendende Gattung. Zu wenige sein, das zehrt an der Kraft und Fühlung jedes einzelnen. Die Minderzahl innerhalb der Spezies untergräbt den Aufbau des Individuums.

Das Theater beklagt, nicht eben lautstark, das Entschwinden der Autoren. Wenn sich jedoch ein letzter, neuer schüchtern vorstellt, so weiß das Theater nicht recht, was es mit ihm anfangen soll. Es ist ein Theater der Regisseure und Schauspieler, es gibt sich mittlerweile so anspruchsvoll, der ganze Betrieb ist längst so kostspielig geworden, daß man an einen neuen, unsicheren Text kaum je seine ganze Kunst verschwenden würde.

Umgekehrt spielten unsere wichtigsten Bühnen sofort jedes Stück, das nur ein Mindestmaß an Reflexion – nicht nur anstehender Gegenwartsprobleme, sondern vor allem gegenwärtiger Bühnenkunst erfüllte. Aber die Autoren haben entweder die Entwicklung des Regietheaters in den vergangenen Jahrzehnten nicht verfolgt, nicht mitgemacht, oder es mangelt ihnen an einer ursprünglichen theatralischen Kraft, um sich gegen das, was immer sich da auf einem Höchststand seiner Entwicklung befindet, mit etwas Eigenartigem, Provozierendem, Quertreibendem durchzusetzen. Jedenfalls, die Geschichte der neueren Literatur und die des Schauspiels streben hoffnungslos auseinander.

Das Sprechtheater zeigt eine starke Tendenz, sich wie die Oper zu verhalten. Es verstärkt die Vorherrschaft der Interpreten, läßt einen kleinen, nicht sehr glanzvollen Starbetrieb rotieren und befindet im übrigen: Repertoire zu, Bestand geschlossen. Der *Kirschgarten* als *Rosenkavalier*. Wieder und wieder und mit immer neuen Meisterleistungen der Interpretation. Novitäten nur am Rande und nur dann, wenn Aussicht besteht, die gesammelte Presse ins Haus zu bekommen.

Dies die Tendenz; sie könnte gebrochen werden. Nicht durch Aufzucht neuer Piscator-Autoren. Dieser ganze Bereich ist durch natürliche Selektion den Massenmedien zugefallen. Einer, der jetzt für Theater schreibt, sollte sich bewußt sein oder es in seinem Instinkt bewegen, daß er nicht mehr für das öffentlichste, sondern für das älteste öffentliche Medium schreibt, das die Menschheit besitzt. Um dessen Geister aufzuwecken, loszumachen, bedarf es besonderer Herausforderungen, Lockkünste. Den kleinen, unendlich tiefen Raum erfüllt eine beispiellose Wiedergängerei. In der Kammer unzähliger Schlachten, Morde, Kriege drängen Tote sich, die jeden Augenblick, von der Kugel der Wiederbelebung getroffen, zu uns hervortreten können. Ein Medium, wahrhaftig, aber eher eines im vorigen, vortechnischen Wortsinn. Das gesprengte Urritual, das in tausend Wesensteilchen, Form- und Wirkungsgesetzen auf uns gekommen ist. Jede neue Figur, für die Bühne entworfen, besteht, wenn sie spielbar sein soll, zu zwei Dritteln aus Theaterkamerad, rollengeschichtlicher Synthese, Funduskreation und nur zu einem Drittel aus Zeitgenosse und aktuellem Stoff. Das ist die Bindung, der Anspruch der Überlieferung, die man beachten muß; die Freiheit, die man daraus empfängt, ist groß.

Das Theater ist der Ort, wo die Gegenwart am durchlässigsten wird, wo Fremdzeit einschlägt und gefunden – und nicht wo Fremdsein mit den billigen Tricks der Vergegenwärtigung getilgt oder überzogen wird. Es ist altmodisch und lächerlich, sich sogenannter Modernisierungen zu bedienen, den Jeep in Wallensteins Lager vorfahren zu lassen. Viel anwesender ist das Theater dort, wo es zum Schauplatz seines eigenen Gedächtnisses, seiner originalen Mehrzeitigkeit wird. Dem Autor aber käme es zu, ihm jetzt ein neues Imaginarium zu entdecken. Trotz der mitunter abschreckenden Wirkung von Bewußtseinsträgheit unter den Theaterleuten, bleibt es schwer verständlich, weshalb kaum ein jüngerer Autor sich dem großen, freizügigen Kunstwerk Theater verschreibt, das erneuerungsbereiter sich darbietet als etwa der Film, das Kino, frei von kommerziellem Druck und fantasieplättender Unterhaltungskonkurrenz. Ja, es ist gleichsam selbst als ein

Kunstwerk anzusehen, das, wie in einem Mythos, nur existieren kann, wenn es zu jeder Zeit von Berufenen aufs neue vollendet wird; andernfalls bildet es sich zurück, verkümmert zum grauen, radikalen Werkstatt-Entwurf oder degeneriert zum Warenhaus, zur Modenschau.

Wo es aber gelingt und das Fernste durch die Schauspieler in unfaßliche Nähe rückt, gewinnt Theater eine verwirrende Schönheit und die Gegenwart Augenblicke einer ungeahnten Ergänzung.

Der Aufstand gegen die sekundäre Welt

Bemerkungen zu einer Ästhetik der Anwesenheit

1991

The prologues are over. It is a question, now,
Of final belief.
Wallace Stevens, *Asides on the Oboe*

Wir haben Reiche stürzen sehen binnen weniger Wochen. Menschen, Orte, Gesinnungen und Doktrinen, von einem Tag auf den anderen aufgegeben, gewandelt, widerrufen. Das Unvorhersehbare hatte sich sein Recht verschafft und zerschnitt das scheinbar undurchdringliche Geflecht von Programmen und Prognosen, Gewöhnungen und Folgerichtigkeiten. Es belehrte alle, daß es der Geschichte sehr wohl beliebt, Sprünge zu machen, ebenso wie der Natur. Obgleich in diesem Zusammenhang keine Partikel häufiger verwendet wurde als die Vorsilbe »wieder«, ging es doch am allerwenigsten um Wiederherstellung oder Wiederkehr. Was geschah, besaß vielmehr etwas von jener Ereigniskraft, die man in den biologischen Wissenschaften mit dem Ausdruck »Emergenz« bezeichnet: etwas Neues, etwas, das sich aus bisheriger Erfahrung nicht ableiten ließ, trat *plötzlich* in Erscheinung und veränderte das »Systemganze«, in diesem Fall: die Welt.

Die Revolution, die stattfand, oder eben: die emergente Summe von vielerlei Zerfalls-, Druck- und Widerstandsformen, mußte von Anfang an als ein Aufbruch ins Bestehende, in den Westen, gelten, und seine Dynamik wird sich in der Regulierung von Synchronisationen und Nachholbedarf erschöpfen. Doch über das Bewußtsein vieler Betroffener kam der letzte Herbst als ein Trugbrecher und beendete mit bitteren Einsichten einen langen, mehr oder weniger dornigen Dornröschenschlaf. Die letzte Rache des gestürzten totalitären Regimes war denn auch die *totale* Entlarvung, die negative Offenbarung einer verfehlten, weltlichen Soteriologie: *Alles* falsch von Anbeginn!

Die westliche Welt hatte vermutlich im Osten seit langem keine überzeugten Gegner mehr. Die uneingeschränkte Konkurrenzlosigkeit ihrer inneren und äußeren Lebensformen könnte sich in Zukunft gegen ihr eigenes Prinzip, ihre antagonistischen Bedürfnisse wenden und dazu führen, daß man die nötige Ersatzspannung zwischen anderen Polen schafft oder aber, daß Polarität überhaupt nur in metapolitischen Dimensionen neue Bedeutung gewinnt.

Soziale Demokratien brauchen keinen Heilshorizont. Viel eher der einzelne Freie, das aufgerichtete Bewußtsein, wird seiner bedürfen. Viele werden erst lernen müssen, daß vom Reichtum an aufwärts die Not beginnt. Die Not, überzeugt zu sein, ohne Praxis und Lehre einer machtvollen Diesseits-Religion und vor allem: ohne die moralischen Sondervergütungen eines gläubigen Ketzertums. Schließlich erscheint es nicht mehr unmöglich, daß der Zusammenbruch von *Weltanschauung* auch die Entmischung der weltlichen von den verweltlichten heiligen Dingen vorantreibt und daß aus dieser Scheidung die endliche Säkularisierung des Säkularen einerseits und ein »geläutertes« Erwarten andererseits hervorgehen.

»Was würde geschehen, wenn wir unsere Schulden gegenüber der Theologie und der Metaphysik … bezahlen müßten? Was wäre, wenn die dem Glauben entnommenen Anleihen an Transzendenz, die wir seit Platon und Augustinus hinsichtlich bedeutungserfüllter Formen erhalten haben, fällig würden? Was wäre, wenn wir die Annahme explizit machten und konkretisieren müßten, daß alle ernstzunehmende Kunst und Literatur, und nicht nur die Musik, auf die Nietzsche diesen Begriff anwendet, ein *opus metaphysicum* ist?«

Die Lektion, die das Unerwartete als geschichtliche »Ankunft« dem skeptisch-verschlafenen Dahinwursteln erteilt hat, ist eine gute Voraussetzung, um sich auf George Steiners Versuch über das Unmittelbare einzulassen, den er in seinem Buch *Von realer Gegenwart (Real presences)* wagt. Ein Wagnis, ja, jetzt noch, ist diese Schrift, da der Autor fast allem, was auf dem Gebiet der ästhetischen Theorie gegenwärtig tonangebend ist, den Rücken kehrt. Es geht um nicht mehr und nicht weniger als um die Befreiung des Kunstwerks von der Diktatur der sekundären Diskurse, es geht um die Wiederentdeckung nicht seiner Selbst-, sondern seiner theophanen Herrlichkeit, seiner transzendentalen Nachbarschaft.

Nach gutem Brauch stellt die Abhandlung gleich auf der ersten Seite ihre klare Absicht und ihre einzige These vor: Überall, wo in den schönen Künsten die Erfahrung von Sinn gemacht wird, handelt es sich zuletzt um einen zweifellosen und rational nicht erschließbaren Sinn, der von realer Gegenwart, von der Gegenwart des Logos-Gottes zeugt.

Das Unbeweisbare in der Krone jenes Erkenntnisbaums, der durch den Roman, die Skulptur, die Fuge emporwächst, ist Zeugnis Seiner Anwesenheit. Wo kein Arkanum, dort kein Zeugnis, keine Realpräsenz.

In der Feier der Eucharistie wird die Begrenzung, das Ende des Zeichens (und seines Bedeutens) genau festgelegt: der geweihte Priester wandelt Weizenbrot und Rebenwein in die Substanz des Leibs und des Bluts Christi. Damit hört die Substanz der beiden Nahrungselemente auf, und nur ihre äußeren Formen bleiben. Im Gegensatz zur rationalen Sprachtheorie ersetzt das eine (das Zeichen, das Brot) nicht das fehlende andere (den realen Leib), sondern übernimmt seine Andersheit. Dementsprechend müßte es in einer sakralen Poetik heißen: Das Wort Baum ist der Baum, da jedes

Wort wesensmäßig Gottes Wort ist und es mithin keinen pneumatischen Unterschied zwischen dem Schöpfer des Worts und dem Schöpfer des Dings geben kann.

Gegenwärtig beim Abendmahl ist der reale Leib des Christus passus (d. i. im Zustand seines Todesopfers) *unter der Gestalt* des Brots. Das Gedenken im Sinne des Stiftungsbefehls (»Solches tuet aber zu meinem Gedächtnis«) wird dann zur Feier der Gleichzeitigkeit, es ist nicht gemeint ein Sich-erinnern-an-Etwas.

Pascal wunderte sich, daß jemand nachts schlafen könne, wenn ihm einfiele, daß Christus für ihn am Kreuz gestorben sei. Für Kierkegaard war Christus so gegenwärtig, daß die 2000 Jahre seit seinem Tod wie ungültig daneben schienen. In der hebräischen Tradition führt der rituelle Nachvollzug eines einmaligen historischen Geschehens (die »Wachenacht«) den Gläubigen in die Zeitraumvergessenheit: »In jedem Zeitalter ist jeder verpflichtet, sich so anzusehen, als sei er selbst aus Ägypten ausgezogen.«

Der englische Malerdichter David Jones, wie Pound und Eliot Schöpfer eines der großen epischen Gedichte des Jahrhunderts, der *Anathémata*, erlebte in jeder Messe Golgatha. Für ihn ist der Mensch ein sakramentales Wesen, ein Zeichensetzer in allen seinen Werken, gleich, ob es sich um die Kunst des Schiffsbaus oder eines walisischen Feenmärchens handelt. Alles, was er schafft, ist Darbringung, Opfergabe. Zuerst geben wir etwas ab, dann einander, dann weiter. Die erste Richtung des Werks ist die vertikale, seine Menhirgestalt. Die *Anathémata* sammeln und erbringen in tausend Benennungen und Anrufen Votive einer abendländischen Poiesis. Und der heutige Leser wiederum sammelt diese Benennungen selbst als kostbare Gedächtnisstücke (deren Bedeutung ihm oft nur des Dichters Kommentar erschlüsseln kann). Jedes Opus ist Opfer, alle Dichtkunst die Magd der *anámnesis*, im ursprünglichen Wortsinn des Alten und Neuen Testaments: »sich vor Gott ein Ereignis der Vergangenheit so in Erinnerung zu bringen oder zu ›repräsentieren‹, daß es hier und jetzt wirksam wird«. Hierin feiern Gedicht und Eucharistie dasselbe; im Versklang tönt noch der »Brotbrechlaut« (Jones). Die Kunstlehre von der realen Gegenwart oder: die um die Kunst erweiterte Sakramentenlehre ist davon überzeugt, daß das Bildnis des Mädchens nicht ein Mädchen zeigt, sondern daß es das Mädchen *ist* unter der Gestalt von Farbe und Leinwand.

Diese Auffassung vertrat niemand inständiger und unerbittlicher als der russische Naturwissenschaftler, Philosoph und Priester Pavel Florenskij. In den frühen zwanziger Jahren (während er im übrigen als Elektrotechniker im Dienst der Leninschen Revolution arbeitete, ohne je sein Popengewand abzulegen) verfaßte er seine (damals unveröffentlichten) Betrachtungen zur Kunst der Ikonenmalerei und verteidigte sie gegen jede Idee der bloß abbildlichen oder bedeutungtragenden Darstellung. Die Ikone mit der Gottesmutter ist nicht einmal ein Bild, sondern vielmehr ein Fenster, durch das wir sie selbst erblicken. Der Maler wendet seine ganze Kunst an, um einen Vorhang zu öffnen, die Vision zu ermöglichen. Die Ikone wird mit Licht gemalt, und Licht meint keine Form der Beleuchtung und nicht das Eigenleuchten der Dinge: das Licht gründet überhaupt erst die Dinge, es ist ihre Ursache. (In Steiners Untersuchung entspräche dem die Logos-Quelle der Sprache und aller Kunst.) Die Ikone ist der Ort, wo das Antlitz, das Urlicht hervortritt, es bildet die Grenze zwischen sichtbarer und unsichtbarer Welt. Schaffen ist hier, wie bei jeder Ästhetik der Anwesenheit, nichts anderes als ein kunstvolles Enthüllen. Es ist daher nicht geistreich, sondern ein Ausdruck von Überwältigtsein und Demut, wenn diese Auffassung ihren lakonischen Schluß in einem ästhetischen Gottesbeweis findet: »Es gibt die Dreifaltigkeit Rublevs, folglich gibt es Gott.«

Obschon Steiner sie nicht erwähnt, gehören Pavel Florenskij und David Jones zu den wichtigsten Bekennern und praktizierenden Gläubigen der Realpräsenz. Ihre Werke entstanden freilich während der ersten Hälfte des 20. Jahrhunderts, in einem für Kunst und Wissenschaft ungewöhnlich fruchtbaren Zeitalter, das gerade auch den Typus des Anachronisten oder Widersachers der Moderne mitbeflügelte und mit gesteigerter Schärfe begabte. Der Sprach- und Literaturwissenschaftler George Steiner hingegen erlebt und reflektiert wie wir alle den Rest, die zweite, die wahrhaft sekundäre Hälfte: die Epoche »nach dem Wort«, den Epilog, wie er es nennt. Dieser setzte zwar mit Nietzsches Todesurteil für den Logos-Gott schon früher ein, aber das Imperium der Abschwörung und der Leugnung mit seinen unzähligen radikalen Provinzen und subversiven Satyrspielen des Intellekts konnte sich erst nach Zweitem Weltkrieg und Nazikult, als häßliche Aufklärung des Hassenswerten unbegrenzt entfalten. Das kritisch-soziale Zeitalter war geboren und ließ auf ein schöpferisches zurückblicken. Sein Genius ist laut Steiner der Journalismus. Der Journalismus als letztlich die einzige, die höchststehende kulturelle Leistung der Nachkriegsdemokratie; längst nicht mehr nur als Institution zur Verbreitung von Nachricht und Meinung, sondern vielmehr als eine umfassende Mentalität des Sekundären, die tief eingedrungen ist in die Literatur, in die Gelehrsamkeit, die Philosophie und nicht zuletzt in den Glauben und seine Ämter.

Um dem Dickicht der Vermittlungen, Moderationen und Interpretationen wenigstens in einem Gedankenspiel zu entfliehen, ruft Steiner zu Beginn seines Buchs eine kleine antiakademische Republik aus, eine erträumte Stadt der Künste, in der es nur Werke und Empfänger, nur Künstler und Amateure geben soll und wo jedes Gerede – »über«, jeder Kommentar (mit Ausnahme des rein philologischen) verboten ist. In diesen Mauern wird es nun unumgänglich, daß der Leser, Hörer, Betrachter einberufen steht in die Ver-antwortung gegenüber dem Kunstwerk und seiner unmittelbaren Wirkung, seinem Mysterium. Es bleibt ihm nichts übrig, als ein »aktives Verstehen«, eine Antwort zu versuchen. Und das bedeutet zum Beispiel: selber zu musizieren; und es bedeutet: sich einzuverleiben (statt bloß zu konsumieren), was geschrieben steht, etwa durch Auswendiglernen, savoir par cœur.

Muß eigens betont werden, daß Steiners Argumentation nirgends die verkitschte Naivität rechtfertigt und daß sie sich kaum eignet, um irgendwelchen Befindlichkeits- und Betroffenheits-Verifikationen im Umgang mit Kunst Vorschub zu leisten? Sie mißbilligt Selbstherrlichkeit überall, einschließlich der demokratischen Vereinnahmung des Herrlichen. Sie läßt auch keinen Zweifel, daß das Wort (wie auch das Kunstwerk) an sich auslegungsbedürftig ist; nur gelte es, die Rede so zu führen, daß sie, wie es talmudischer Überlieferung entspricht, ursprünglich aus der Scheu vor der tabuverletzenden Benennung hervorgeht. Die unergründliche Schrift bedarf der tagtäglichen Glossierung. Diese aber schützt das Wort, umwebt die Wahrheit mit Antwort. Das war ihr Text. Der uns beherrschende Text, die tagtägliche Zeitung, entlarvt indessen überall das scheinhafte Wort, er macht das Gewebe der Welt fadenscheinig. Nichts anderes ist freilich ihre Aufgabe, und man brauchte kein Wort darüber zu verlieren, wären die Dienstleistungen des Durchschauens und des Mißtrauens nicht beinahe das alleingültige, konkurrenzlose Angebot, das heute allem öffentlichen und privaten Verstehen der Welt aufgenötigt wird, in und vermittels der Sprache.

Andererseits ist die Auslegung und Deutung von Kunstwerken bei uns in die Obhut kleiner akademischer Zirkel gestellt, von denen vor allem die späten Schulen der Hermeneutik, die poststrukturalistischen und dekonstruktivistischen, von Steiner mit respektvollem Unbehagen gewürdigt werden. In ihren Diskursen ist jede Begrenzung des Kommentars durch die Scheu vor dem Schöpfungsakt, dem Werk, längst gefallen. Die Schutzhülle des Textes ist zur Flechte des Parasiten geworden, der seinen Wirt zersetzt und überwuchert. Diese Poetik hat den esoterischen Poetisten hervorgebracht, dessen familiäres Mitreden am Werk den Poeten von seiner Poesie trennt und in minutiösen Schnitten Zeit, Ort, Sinn, Autorschaft vom Werk abspaltet, um es zu einer autonomen Textualität zu verarbeiten. Die Metapher vom Parasiten ist altgedient, und sie wiegt nicht mehr als ein umwelt-, ein »logos-bewußter« Protest gegen die Übermacht der sekundären, medialen, indirekten Sprechweisen, die die atmende Sprache ebenso erstickend bedecken wie die Flächenversiegelung den fruchtbaren Boden.

Vieles in den Gedankengängen dieses Buches (die streckenweise an der Seite Heideggers zurückgelegt werden) erinnert daran, daß nicht nur das natürliche, biologische Haus der Erde, sondern ebenso das geistige beschädigt und bedroht ist und nicht minder dringend der Erhaltungs- und Schutzmaßnahmen bedürfte.

Gegen die herrenlose Erlaubnis des Sagbaren und Besprechbaren rät Steiner »eine Ziemlichkeit des Verstehens« an. Das Kunstwerk, um ihm neu zu begegnen, sei zu behandeln als ein Gast, ein Fremder, der plötzlich erscheint in unserem gewöhnlichen Alltag, dessen Ankunft Freude und leise Furcht begleiten. Dem Verstehen der Andersheit sind Grenzen gesetzt; mehr als Annäherung, als ein Umgang der »kardinalen Diskretionen« ist nicht möglich. Wichtiger ist, wie sich der Empfangende verhält: ob seine Begabung ausreicht, sich überwältigen zu lassen; ob er stark genug und widerstandslos zugleich sein wird für das singuläre Zustoßen eines Gedichts, einer Musik, einer Plastik, und bedachtsam genug, um das Fremde nicht dem Vielen einzumischen, es nicht zu verbrauchen und mit allem übrigen durcheinanderzubringen.

Von realer Gegenwart ist ein Schneisenschlag, ein rigoroser Entwurf gegen die philosophischen Journalisten, die Mitverfertiger einer Weltworld, die Realisten der Entropie und der überfüllten Leere, die Rhetoriker der Simulationen und des unendlichen ludibriums. Der Autor weiß selbstverständlich, daß ihm gegenwärtig noch die Seminare und Redaktionen in Reih und Glied entgegenstehen. Er weiß aber ebenso sicher, daß die ideelle Macht der Abwesenheit und der Leugnung verbraucht ist, so wie die große Subversion und Selbstherrlichkeit Nietzsches ihr Jahrhundert gehabt hat und nur einen zerstreuten Haufen »kraftloser Empörer« (Dostojewski) übrigließ. Diese werden sich zweifellos noch lange und je bedeutungsloser, um so verbissener als die Bewahrer jener Thersites-Kultur ansehen, für deren Verbreitung die deutsche Intelligenz nach dem Krieg ihr Bestes gab, Zug um Zug häßlicher und liebloser werdend. Doch all dies enthält keinen Funken Aussicht, keine Kraft zur Erneuerung und Veränderung mehr.

Steiners Buch ist geschrieben in der deutlichen Wahrnehmung, daß die Mitternacht der Abwesenheit überschritten ist.

Ohne den Autor in eine Nachbarschaft zu rücken, die ihm vielleicht nicht behagt, gibt es doch einige Aspekte seiner Theologie des Textes, die ihn mit bedeutenden Autoren der »Remythologisierung« verbinden, insoweit sie in der »Revolte gegen die moderne Welt« ein Gemeinsames finden: Julius Evola, Eliade, Nicolás Gómez Dávila.

Wenn es in den Maximen und Reflexionen des letzteren heißt: »Die moderne Geschichte ist der Dialog zwischen zwei Männern: einer, der an Gott glaubt, ein anderer, der Gott zu sein glaubt« – so läßt sich hieran die Blickwende bestimmen, die Steiners Essay vornimmt: von Nietzsches Gottmenschen ab und jenem anderen zu, der bereit ist, sein eigenes Gesicht zu verlieren und zurück in die Begegnung zu treten, die Verantwortung. Dávila ist Kolumbianer, überzeugter Hierarchist und Katholik, Moralist in der Folge Montaignes, Rivarols, de

Maistres; einer der großen spirituellen Reaktionäre – und das ist gleichbedeutend mit: einer der großen Stilisten unserer Zeit, und dies wiederum ist gleichbedeutend mit: ein unbeirrter Zeitfremdling, voll scharfsinniger Frommheit. Sein Rat und seine eigene Regel: »Klarsichtig ein schlichtes, verschwiegenes, diskretes Leben führen, zwischen klugen Büchern, einigen wenigen Geschöpfen in Liebe zugetan.« An seinem Werk – fünf große Bände sollen es sein, auf deutsch ist davon nur eine schmale Auswahl erhältlich –, an seinen Provokationen und Unduldsamkeiten ließe sich beispielhaft darlegen, wie sehr heute die Faszination des Rebellen gerade von demjenigen ausgeht, der den Weg der Rechtgläubigkeit verteidigt; ihm wächst unter dem Anspruch einer diffusen häretischen Konvention jene gesteigerte Klugheit zu, die früher der gesellschaftliche Außenseiter, der kritische Nonkonformist besaß oder besitzen mußte.

»Die Freiheit des Demokraten besteht nicht darin, alles sagen zu können, was er denkt, sondern nicht alles denken zu müssen, was er sagt.«

»Die Dekadenz einer Literatur beginnt, wenn ihre Leser nicht schreiben können.«

»Der Abstand zwischen Gott und dem menschlichen Verstand ist so gewaltig, daß nur eine kindliche Theologie nicht kindisch ist.«

»Glauben heißt in die Eingeweide dessen eindringen, was wir bloß wußten.«

»Die Welt verändern: Beschäftigung für einen Zuchthäusler, der sich abfand mit seiner Verurteilung.«

»Die Fanatiker der Freiheit enden als Theoretiker der Polizei. Die Doktrin Fichtes zum Beispiel gipfelt in einer Theorie des Reisepasses.«

»Ungeachtet seiner Wut auf das Christentum ist der Stammbaum Nietzsches ungewiß. Nietzsche ist ein Saulus, der auf dem Wege nach Damaskus in Ohnmacht fällt.«

»Der Reaktionär wird nur in den Epochen ein Konservativer, die etwas bewahren, das es wert ist, erhalten zu werden.«

Der Reaktionär ist eben nicht der Aufhalter oder unverbesserliche Rückschrittler, zu dem ihn die politische Denunziation macht – er schreitet im Gegenteil voran, wenn es darum geht, etwas Vergessenes wieder in die Erinnerung zu bringen. Er hat jetzt und hier *vor* sich die dichten Schleier des technischen Scheins und der Bedeutungsleere, und er will sie teilen, zumindest für lichte Augenblicke, in denen Anwesenheit, Sinn, Logos offenbar werden. Nichts anderes verfolgt nach Steiner jedes große Kunstwerk und ist demnach auf eine zeitlose Weise »reaktionär«; es kämpft gegen Vergeßlichkeit in jeder Epoche.

Für den Eintritt von Modernität in unser Sprach-Bewußtsein gibt Steiner ein präzises Datum an. Es geschah, als Mallarmé sagte: das Wort Rose bedeutet nichts anderes als die vollkommene Abwesenheit des so bezeichneten Gegenstands. Das Wort duftet nicht noch sticht es. Bis dahin mochte man an Gott und der Welt zweifeln, mochte fromm oder aufgeklärt sein, jede Geisteshaltung verblieb dennoch im Vertrauen auf die Logos-Stiftung der Sprache. Nun aber war es zum Kontraktbruch zwischen Welt und Wort gekommen. Fortan sprach sich die Sprache selbst, und die Welt, Gottes Schöpfung, war ihr: die reale Abwesenheit: nicht da, wo Worte. Von der Aufkündigung der semantischen Verbindlichkeit (bei gleichzeitiger Emanzipation des Gottmenschen) bis zur reinen Selbstreferenz der Diskurse, dem nihilistischen Vertexten von Texten, verging ein Jahrhundert, das die großen »Zeichensetzer« der Moderne mit gewaltigen, heroischen Bedeutungsschöpfungen bestritten. Aber sie alle, ob Marx, Freud, Wittgenstein, ob rational oder irrational, gingen hervor aus dem Verlust des tautologischen Urvertrauens in die Sprache: Ich bin der Ich bin.

Die Unangemessenheit der sprachlichen Explikation, die Armut der »Antwort«, die wir auf die Fülle des Empfangs geben, wenn wir zum Beispiel aufmerksam Musik hören, ist eine erste Erfahrung des Unmittelbaren und der Andersheit, die im Kunstwerk Asyl genießen. Das unerklärlich Schöne verbleibt in der *complicatio*, in der Eingefaßtheit aller Bedeutungen, es wird unverletzt, unenthüllt erlebt. Es bringt uns in Berührung »mit dem Stoff, der *unerträumt* ist in unserer Stofflichkeit«. Weder ist es ein utopisches Humanum noch ein höherer ästhetischer Gemütsreflex, noch überhaupt etwas vom Menschen Vermochtes, das sich in der Schönheit verbirgt. Vielmehr klingt in ihr an oder schimmert durch: Realpräsenz, Anwesenheit, und zwar unabhängig davon, welchen historischen oder biografischen Interessen sich die Entstehung eines Romans oder eines Gemäldes verdankt. Ob man einem Kunstwerk begegnet sei, meinte der metaphysisch nicht leicht erregbare Paul Valéry, erkenne man daran, ob es einen im Zustand der Inspiriertheit zurückläßt.

Wir antworten mit Widerschein.

Die Kunstwerke sind da. Ihre Heterophanie ist unabweislich, unwandelbar. Verborgen, verhindert, verlegen ist allein der Empfänger, der Beschenkte, der Angesprochene. Er hat sich aus der Ver-antwortung gestohlen und in ein methodisches Drumherumreden geflüchtet. Nichts ist unmittelbarer mit dem Schicksal der Erde verbunden als die Sprache. Verläßt sie uns oder lösen wir uns von ihr, dann braucht man sich auch nicht weiter um den (inzwischen zur politischen Floskel dienenden) »Schöpfungsauftrag« zu kümmern. Die Sprache verläßt uns nicht im Schweigen, sondern nur im A-Logos, in der Entbundenheit von Form, Sinn, *auctoritas* der Bedeutung.

Die Lage der Kunst ist seit jeher eine unschlüssige; es ist die Samstagslage, wie es am Ende des Buchs in Gleichnisform heißt, zwischen dem Freitag mit Kreuzestod und grausamen Schmerzen und dem Sonntag der Auferstehung und der reinen Hoffnung. Weder am Tag des Grauens noch am Tag der Freude wird große Kunst geschaffen. Wohl aber am Samstag, wenn das Warten sich teilt in Erinnerung und Erwartung. So oder so ist die Unschlüssigkeit in Gefahr. Für unsere Epoche könnte dies bedeuten: entweder wird sie beendet vom Ausbruch des vollkommenen Vergessens, nach Art einer technologischen Mutation unserer gesamten Kultur. Oder aber, was der Autor für das Bedrohlichste hält, durch den Ausbruch eines religiösen Fundamentalismus.

Setzte nicht aber die Wiederbegegnung mit dem Primären, für die hier so unerschrocken plädiert wird, zuerst voraus, daß eine revelatische Befreiung des Menschen stattfände, ein Zerreißen all der Texte und Texturen, in die er sein Herz und sein Antlitz gehüllt hat? Es wäre sehr die Frage, ob dies nicht notwendig einem Akt von fundamentalistischer Gewalt gleichkäme. Der liberale Kritiker (der nihilistische Versucher) hätte mit seiner Antwort ohnehin leichtes Spiel. In der Dichte des Möglichen, würde er sagen, in der komplexen Vielfalt ist der Eintritt der Andersheit mehr oder minder eine Angelegenheit der metaphysischen Bedürfnisse des einzelnen. Was bedeutet es schon, woran *ich* glaube, wenn nicht *alle* (oder doch zumindest sehr viele) daran glauben? Nichts. Jeder Glaube, der mich wirklich beherrschte, bedürfte der kollektiven Glaubensstärke. Wir sind indes zu lange mit allen Wassern gewaschen, als daß es je wieder das einzige geben könnte, das allein die endliche Reinheit bringt.

Darauf wird nun derjenige entgegnen, den man den Fulguristen nennen könnte, also jemand, der, wie eingangs erwähnt, von den Göttern und der modernen Wissenschaft gelernt hat, daß ein geringer abrupter Wechsel innerhalb eines »Systemganzen« zuweilen genügt, um die Heraufkunft von etwas völlig Unvorhergesehenem und Neuem zu bewirken. Kein noch so komplexes, hochentwickeltes, gleichgültiges, liberales und strapazierfähiges Gemeinsames vermag sich gegen den Blitz zu schützen, der es umordnet. Wenn der Schein wild wird nach Gestalt, wird er den Spiegel zum Bersten bringen.

Der liberale Skeptiker würde weiterhin darauf bestehen, daß sakrales Empfinden in sakraler Gemeinschaft gründen müsse, daß beider Erneuerung oder beider Wiedererstehen einen Akt der Stiftung zur Voraussetzung habe. Kein noch so rigoroser Wille zum Irrationalen, kein noch so tiefes metaphysisches Ekelgefühl vor Weltverdorbenheit könnte aber einen Einfluß auf Eintritt oder Ausbleiben einer solchen Stiftung haben. »Ich bin ein Mensch mit den unterschiedlichsten Begierden«, würde er noch hinzufügen, »für mich gibt es im Grunde nur eine Sorte von Lastern, und das sind die Laster jedweder Gewißheit. Die Sünde der zu frühen Befriedigung unserer Wachheit. Ich frage mich ernstlich: was *ist* und wozu braucht der Mensch Glaubenseifer und Durchdrungenheit? Gibt es dafür irgendeine biochemische Vorbedingung in seinem Genom?«

Darauf wiederum der Fulgurist: »Jetzt, natürlich, – wie leicht ist es! – man gibt sich weltklug abgeklärt, verblendungsfrei, ernüchtert. Aber der menschliche Geist wird sich nicht für alle Zeiten mit schwerentflammbarem Stoff zufriedengeben. Er ist geschaffen *auch* für die Begeisterung, den festlichen Irrtum, ja sogar für die Manie, die große Menschenmassen alle gleich befällt.« »Tief ist nur die Überzeugung, die ihre eigene Unvernunft kennt« (Dávila). »Man muß darauf gefaßt sein, dem Enthusiasmus wieder zu begegnen. Und man muß die nötige Vorsorge treffen, daß er nicht in die Fänge weltlicher Interessen gerät ...«

So könnten sie einander ewig widersprechen, der Erwartungsvolle und der Abwartende, und würden sich doch niemals verständigen. Schließlich aber würde vielleicht der Skeptiker als erster müde und schlösse nach einem Seufzer mit der Bemerkung: »Sehen Sie, dort, die Mücken tanzen im Abendlicht. Sie klopfen mit ihren Flügeln die Luft so weich, daß die Schallwellen eines schrillen Pfiffs genügten, um den ganzen Schwarm beiseite zucken zu lassen. Aber dann nebenan tanzen sie munter weiter, sie stieben niemals auseinander.«

Anschwellender Bocksgesang
1993

Jemand, der vor der freien Gesellschaft, vor dem Großen und Ganzen, Scheu empfindet, nicht weil er sie heimlich verabscheute, sondern im Gegenteil weil er eine zu große Bewunderung für die ungeheuer komplizierten Abläufe und Passungen, für den grandiosen und empfindlichen Organismus des Miteinander hegt, den nicht der universellste Künstler, nicht der begnadeteste Herrscher annähernd erfinden oder dirigieren könnte. Jemand, der beinahe fassungslos vor Respekt mitansieht, wie die Menschen bei all ihrer Schlechtigkeit au fond so schwerelos aneinander vorbeikommen, und das ist so gut wie: miteinander umgehen können. Der in ihren Geschäften und Bewegungen überall die Balance, die Tanzbereitschaft, das Spiel, die listige Verstellung, die artistische Manier bemerkt – ja, dies Miteinander muß jedem Außenstehenden, wenn er nicht von einer politischen Krankheit befallen ist, weit eher als ein unfaßliches Kunststück erscheinen denn als ein Brodelkessel, als eine »Hölle der anderen« …

Man kann tun, was man will: morden oder beten, revolutionieren oder freie Parlamente wählen – irgendwann zerbricht jede Form, zerbrechen die Krüge, und die Zeit läuft aus. Und man wird anschließend wiederum alles aufklären und nachträglich die trügerischen Vorhersehbarkeiten, die trügerischen Gesetzmäßigkeiten bloßlegen bzw. konstruieren. Dabei handelt es sich um Verwerfungen, die aus dem schwerverständlichen Rumoren, aus dem Erdinneren alles dessen, was wir mit viel Erfolg betrieben haben, beinahe zwangsläufig hervorgehen. Die Blindheit, mit der uns schlug der Erfolg: daß wir nicht sehen, wieviel Erlöschen er mit sich brachte. Das von uns Angerichtete, es ganz allein, bringt seinen Kraftschwund hervor. Der einzige Feind, gegen den man nicht kämpfen kann und dessen Bedrohung die Kräfte nicht anspornt: Volksreichtum. Sind wenige reich, so herrscht Korruption und Anmaßung. Ist es das Volk insgesamt, so korrodiert die Substanz. Jedenfalls schützt Wohlhaben nicht vor der Demontage des Systems, dem es sich verdankt.

Welche Transformierbarkeit besitzt das Unsere, das Angerichtete noch? Allem Anschein nach keine mehr. Wir sind in die Beständigkeit des sich selbst korrigierenden Systems eingelaufen. Ob das noch Demokratie ist oder schon Demokratismus: ein kybernetisches Modell, ein wissenschaftlicher Diskurs, ein politisch-technischer Selbstüberwachungsverein ...? Sicher ist, dieses Gebilde braucht immer wieder, wie ein physischer Organismus, den inneren und äußeren Druck von Gefahren, Risiken, sogar eine Periode von ernsthafter Schwächung, um seine Kräfte neu zu sammeln, die dazu tendieren, sich an tausenderlei Sekundäres zu verlieren. Es ist bislang konkurrenzlos, weder Totalitarismus noch Theokratie brächten etwas Besseres zum Wohl der größtmöglichen Zahl zustande als dieses System der abgezweckten Freiheiten. Natürlich gilt das nur so lange, als wir davon überzeugt sind, daß allein der ökonomische Erfolg die Massen formt, bindet und erhellt. Nach Lage der Dinge dämmert es manchem inzwischen, daß Gesellschaften, bei denen der Ökonomismus nicht im Zentrum aller Antriebe steht, aufgrund ihrer geregelten, glaubensgestützten Bedürfnisbeschränkung im Konfliktfall eine beachtliche Stärke oder gar Überlegenheit zeigen werden. Wenn wir Reichen nur um minimale Prozente an Reichtum verlieren, so zeitigt das in unserem reizbaren, nervösen System nicht nur innenpolitische Folgen, sondern vor allem abrupte Folgen der politischen Innerlichkeit, den impulsiven Ausbruch von Unduldsamkeit und Aggression.

Wir warnen etwas zu selbstgefällig vor den nationalistischen Strömungen in den osteuropäischen und mittelasiatischen Neu-Staaten. Daß jemand in Tadschikistan es als politischen Auftrag begreift, seine Sprache zu erhalten, wie wir unsere Gewässer, das verstehen wir nicht mehr. Daß ein Volk sein Sittengesetz gegen andere behaupten will und dafür bereit ist, Blutopfer zu bringen, das verstehen wir nicht mehr und halten es in unserer liberal-libertären Selbstbezogenheit für falsch und verwerflich. Es ziehen aber Konflikte herauf, die sich nicht mehr ökonomisch befrieden lassen; bei denen es eine nachteilige Rolle spielen könnte, daß der reiche Westeuropäer sozusagen auch sittlich über seine Verhältnisse gelebt hat, da hier das »Machbare« am wenigsten an eine Grenze stieß. Es ist gleichgültig, wie wir es bewerten, es wird schwer zu bekämpfen sein: Daß die alten Dinge nicht einfach überlebt und tot sind, daß der Mensch, der einzelne wie der Volkszugehörige, nicht einfach nur von heute ist.

Zwischen den Kräften des Hergebrachten und denen des ständigen Fortbringens, Abservierens und Auslöschens wird es Krieg geben.

Wir kämpfen nur nach innen um das Unsere. Wir werden nicht zum Kampf herausgefordert durch feindliche Eroberer. Wir werden herausgefordert, uns Heerscharen von Hungerleidern und heimatlos Gewordenen gegenüber mitleidvoll und hilfsbereit zu verhalten, wir sind per Gesetz zur Güte verpflichtet. Um dieses Gebot bis in die Seele der Menschen (nicht nur der Wähler und Wählerinnen) zu versenken, bedürfte es nachgerade einer Rechristianisierung unseres modernen egoistischen Heidentums. Da die Geschichte nicht aufgehört hat, ihre tragischen Dispositionen zu treffen, kann niemand voraussehen, ob unsere Gewaltlosigkeit den Krieg nicht bloß auf unsere Kinder verschleppt.

Die Hypokrisie der öffentlichen Moral, die jederzeit tolerierte (wo nicht betrieb): die Verhöhnung des Eros, die Verhöhnung des Soldaten, die Verhöhnung von Kirche, Tradition und Autorität, sie darf sich nicht wundern, wenn die

Worte in der Not kein Gewicht mehr haben. Aber in wessen Hand, in wessen Mund sind die Macht und das Sagen, die Schlimmeres von uns abwenden?

Es scheint undenkbar, daß jemand in den Verhältnissen, in denen er lebt, die letzte und beste Erfüllung des gesellschaftlich *möglichen* Zusammenlebens erfährt. Wer vermöchte schon der Apologie der Schwebe, des Gerade-eben-Noch, einen glaubwürdigen Ausdruck zu verleihen?

Von ihrem Ursprung (in Hitler) an hat sich die deutsche Nachkriegs-Intelligenz darauf versteift, daß man sich nur der Schlechtigkeit der herrschenden Verhältnisse bewußt sein kann; sie hat uns sogar zu den fragwürdigsten Alternativen zu überreden gesucht und das radikal Gute und Andere in Form einer profanen Eschatologie angeboten. Diese ist mittlerweile so in sich zusammengebrochen wie gewisse Sektenversprechen vom nahen Weltenende.

Die heile Welt des Schmunzel-Moderators: »das bunte, gemütlich beieinander wohnende Völkchen der Prostituierten, Drogensüchtigen, deutschen Hausfrauen, Asylanten und Intellektuellen …«

Der Liberale ist nicht liberal durch sich selbst, sondern er wird es mehr und mehr als entschiedener, sich immer liberaler rüstender Gegner des Antiliberalismus: Er gilt für liberal, er hat sich als solcher Geltung verschafft, er ist – in seinem öffentlichen Amt – geltungssüchtig und wird folglich immer rücksichtsloser liberal. Er ist ein ständig sich proklamierender, innerlich hochreizbarer, höchst benachbarter Widersprecher des Antiliberalen.

Zuweilen sollte man prüfen, was an der eigenen Toleranz echt und selbständig ist und was sich davon dem verklemmten deutschen Selbsthaß verdankt, der die Fremden willkommen heißt, damit hier, in seinem verhaßten Vaterland, sich die Verhältnisse endlich zu jener berühmten (»faschistoiden«) Kenntlichkeit entpuppen, wie es einst (und heimlich wohl bleibend) in der Verbrecher-Dialektik des linken Terrors hieß.

Intellektuelle sind freundlich zum Fremden, nicht um des Fremden willen, sondern weil sie grimmig sind gegen das Unsere und alles begrüßen, was es zerstört – wo solche Gemütsverkehrung ruchbar wird, und im Verborgenen geschieht dies vielerorts, scheint sie geradezu bereit und begierig, einzurasten mit einer rechten Perversion, der brutalen Affirmation.

Selbstverständlich muß man grimmig sein dürfen gegen den »Typus« des Deutschen als Repräsentanten der Bevölkerungsmehrheit. Die Würde der bettelnden Zigeunerin sehe ich auf den ersten Blick. Nach der Würde – ach, Leihfloskel vom Fürstenhof! – meines deformierten, vergnügungslärmigen Landsmannes in der Gesamtheit seiner Anspruchsunverschämtheit muß ich lange, wenn nicht vergeblich suchen. Wie sähe, denke ich oft, mein protziger Nächster aus, wenn ihn der jähe Schmerz oder Kummer träfe? Vielleicht träte zum Vorschein dann seine Würde. Man muß sie doch wenigstens einmal gesehen haben, bevor man sie ins gesetzliche Glaubensbekenntnis aufnimmt. Die meisten Überzeugungsträger, die sich heute vernehmen lassen, scheinen ihren Nächsten überhaupt nur als den grell ausgeleuchteten Nachbarn in einer gemeinsamen Talkshow zu kennen. Sie haben offenbar das sinnliche Gespür – und das ist oft auch: ein sinnliches Widerstreben und Entsetzen – für die Fremdheit *jedes* anderen, auch der eigenen Landsleute, verloren.

Seltsam, wie man sich »links« nennen kann, da links doch von alters her als Synonym für das Fehlgehende gilt. Man heftet sich also ein Zeichen des Verhexten und Verkehrten an, weil man, voller Aufklärungshochmut, seine Politik gerade auf den Beweis der Machtlosigkeit von magischen Ordnungsvorstellungen begründet.

Rechts zu sein, nicht aus billiger Überzeugung, aus gemeinen Absichten, sondern von ganzem Wesen, das ist, die Übermacht einer Erinnerung zu erleben, die den *Menschen* ergreift, weniger den Staatsbürger, die ihn vereinsamt und erschüttert inmitten der modernen, aufgeklärten Verhältnisse, in denen er sein gewöhnliches Leben führt. Diese Durchdrungenheit bedarf nicht der abscheulichen und lächerlichen Maskerade einer hündischen Nachahmung, des Griffs in den Secondhandshop der Unheilsgeschichte. Es handelt sich um einen anderen Akt der Auflehnung: gegen die Totalherrschaft der Gegenwart, die dem Individuum jede *Anwesenheit* von unaufgeklärter Vergangenheit, von geschichtlichem Gewordensein, von mythischer Zeit rauben und sie ausmerzen will. Anders als die linke, Heilsgeschichte parodierende Phantasie malt sich die rechte kein künftiges Weltreich aus, bedarf keiner Utopie, sondern sucht den Wiederanschluß an die lange Zeit, die unbewegte, und ist ihrem Wesen nach Tiefenerinnerung und insofern eine religiöse oder protopolitische Initiation. Sie ist immer und existentiell eine Phantasie des Verlustes und nicht der (irdischen) Verheißung. Eine Phantasie also des Dichters, von Homer bis Hölderlin.

Der Rechte in solchem Sinn ist vom Neonazi so weit entfernt wie der Fußballfreund vom Hooligan, ja mehr noch: Der Zerstörer *innerhalb* seiner Interessensphäre wird ihm zum ärgsten, erbittertsten Feind. (Freilich: dürfen von uns verwahrloste Kinder zu unseren Feinden werden?)

Der Rechte – in der Richte: ein Außenseiter. Das, was ihn zutiefst von der problematischen Welt trennt, ist ihr Mangel an Passion, ihre frevelhafte Selbstbezogenheit, ihre ebenso lächerliche wie widerwärtige Vergesellschaftung des Leidens und des Glückens. Es müßte unterdessen aufgefallen sein, daß dieser Außenseiter nicht mehr so aussieht, wie ihn die gesellschaftskritische Intelligenz und Literaturgeschichte seit Dezennien hagiographiert, links und subversiv. Es mag in Osteuropa geschehen, was will, bei uns ist links nach wie vor dort, wo sich die kulturelle Mehrheit befindet. Ohne großen Unterschied ist es die öffentliche Intelligenz, sind es die gewitzten und zerknirschten Gewissenswächter, die ihren aufrechten Gang im wesentlichen nutzen, um zum nächsten Mikrofon oder Podium zu schreiten, und die gegenwärtig allesamt sich der erbitterten Anstrengung unterziehen, mit *rationalen* Mitteln eine Beschwörung zu betreiben, als erstrebten sie, wenigstens für sich und ihre Rede, gerade jene magische oder sakrale Autorität, die sie als aufrechte Wächter aufs schärfste bekämpfen.

Die Modernität wird nicht mit ihren sanften postmodernen Ausläufern beendet, sondern abbrechen mit dem Kulturschock. Der Kulturschock, der nicht die Wilden trifft, sondern die verwüstet Vergeßlichen.

Die negative Sensibilität gegenüber den »Fremden«, die sofort in Tollheiten des Hasses umschlägt, wirkt wie das seismische Vorzeichen einer größeren Bedrängnis, in die unsere abgelebten Verhältnisse schon bald geraten könnten. Nicht verwunderlich, daß es jene zuerst durchläuft, deren unmittelbare Zukunft davon betroffen ist. Das »Deutsche«, das diese Jungen meinen, ist zunächst nur ein Codewort, darin verschlüsselt: die weltgeschichtliche Turbulenz, die sphärische Verbreitung von Machtlosigkeit, die tabuverletzende und parricide Aufwallung gegen die liberale Elterngeneration, die Verunsicherung der Berufs- und Lebensplanung, die Heraufkunft der »teuren Zeit« im Sinne des Bibelworts; es ist der Terror des Vorgefühls.

Nach Jahrzehnten der kulturellen Gesamtveranstaltung Jugendlichkeit, deren Stimmungsgeschichte von narzißtischer Befreiung und Herkunftslösung geprägt war, reift nun diese häßliche Frucht heran, eine rechte Jugend, die letzte Progenitur der Nachkriegszeit, die aus der Vereinigung eines verordneten mit einem libertären bis psychopathischen Antifaschismus hervorging.

Die Gesellschaft ist schuld! Die Erziehung hat versagt! hört man sie ungerührt rufen im alten Stil, die Moderatoren. Wie blind und hilflos erscheinen jetzt die kritisch Aufgeklärten, die keinen Sinn für Verhängnis besitzen, die die dynamische Verkettung von Emanzipationen im Generationenwechsel so lange begrüßten, und jede aufständische, revolutionäre Potenz, bis sie, wie jetzt, ihren nackten, neutralen Kern entblößt: den brutalen Haß.

Ein Zurück scheint es kaum noch zu geben. Zurück wohin? Nach dem, was bereits geschehen ist, wird es in uns und um uns nie wieder, wie es war... Der Durst des Angerichteten nach weiterer Zerstörung wächst schnell. Verhängnisvoll ist es, keinen Sinn für Verhängnis mehr zu besitzen, unfähig zu sein, Formen des Tragischen zu verstehen und nur noch zwischen verschiedenen Gesellschaftsbewegungen unterscheiden zu können.

Der Kulturpessimist hält Zerstörung für unvermeidlich. Der Rechte hofft hingegen auf einen tiefgreifenden, unter den Gefahren geborenen Sinneswechsel, auf die endgültige Verabschiedung eines nun hundertjährigen »devotionsfeindlichen Kulturbegriffs« (Hugo Ball), der im Gefolge Nietzsches unseren geistigen Lebensraum mit unzähligen Spöttern, Atheisten und frivolen Insurgenten übervölkert und eine eigene bigotte Frömmigkeit des Politischen, des Kritischen und All-Bestreitbaren geschaffen hat.

Daß es so nicht weitergehen kann, haben zuerst die Ökologen eindrucksvoll herausgerufen und es mit einigem Erfolg uns ins Bewußtsein geschärft. Das Limit-Diktum ließe sich übersetzen ins Politische, Sittliche und gewiß auch Sozialökonomische. Die Grenzen der Freiheit und der Erlaubnis scheinen im Angerichteten deutlich hervorzutreten.

Das *System* zu analysieren heißt die Schuldlosen zählen. Das System bringt seine eigene Verüppigung, seinen eigenen Zerfall und vielleicht seine eigene Wiederherstellung hervor. Das

System hat es so gewollt. Einschneidende, wirksame Maßnahmen lassen sich schon aus *System*gründen nicht durchführen …

Wenn man bedenkt, wie schnell der Feuerball der Narreteien wächst und sich dem kleinen Planeten des Geistes nähert. Vielleicht morgen schon hat er uns alle ausgebrannt und nur das Mundwerk läuft weiter munter vor sich hin, wir merken's nicht einmal mehr, jeder bereits ein Unterhaltungsschreck, ein Gespenst des Infotainments. Vielleicht rast er aber auch an uns vorbei.

Der Abgesonderte war immer und ständig von den Gewalten des Blödsinns, die in seiner Zeit entfesselt waren, umgeben und bedrängt. Heute sind die Kräfte nur appellativer geworden, es schallt aus allen Ecken – doch gibt es noch genügend schallfreie. Die ganze Veränderung liegt im Grunde darin, daß die Werbung, mit der das Unwesentliche für sich zu interessieren sucht, so bedeutende Fortschritte an Raffinement und Plazierung gemacht hat.

Der Außenseiter-Heros wird aber heute und künftig andere Züge tragen als der verdiente poète maudit oder libertäre Rebell, schon deshalb, weil es erstens keine Bürger-Philister mehr gibt, die man erschrecken könnte, und weil zweitens dem Medienbürger jeder nur erdenkliche Schrekken zu seiner Unterhaltung dient. Das Verbotene kann man suchen wie das Magische – schwer zu finden dort, wo man es bereits einmal fand.

Immer wieder die (armselige) Hoffnung, daß die Strömung einen großen Bogen nehme und die erstickende, satte Konvention des intellektuellen Protestantismus (das einzige geistige Originalerzeugnis der Bundesrepublik) hinter sich lasse. Daß ein Satz, den angeblich Max Frisch zu einem Kollegen gesagt hat: »Werde im Altern nicht weise, sondern bleibe zornig« – als der Gemeinplatz kritischer Bequemlichkeit erkannt wird, der er in Wahrheit ist. Was muß ein Mensch auf sich nehmen, um weise zu werden! Was darf er nicht alles außer acht lassen, um seinen Zorn zu konservieren! Sie haben Heidegger verpönt und Jünger verketzert – sie müssen jetzt dulden, daß neben dem großen Schritt dieser Autoren, Dichter-Philosophen, ihr braver Insurgenteneifer wie eine trockene Distel übrigbleibt am Wegesrand.

Der Leitbild-Wechsel, der längst fällig wäre, wird niemals stattfinden. Zum Sturz des faulen Befreiungszaubers, des subversiven Gemütskitsches wird es nicht kommen. Das alles geht über in eine endlose Prolongation durch technische Wiederaufbereitung. Dabei: so viele wunderbare Dichter, die noch zu lesen sind – so viel Stoff und Vorbildlichkeit für einen jungen Menschen, um ein Einzelgänger zu werden. Man muß nur wählen können; das einzige, was man braucht, ist der Mut zur Sezession, zur Abkehr vom Mainstream. Diese Demokratie benötigte von Anfang an mehr Pflanzstätten für die von ihr Abgesonderten. Abschnitte, Orte, wo ihre Rede nicht herrscht und die inzüchtige Kommunikation unterbrochen ist. Ich bin davon überzeugt, daß die magischen Orte der Absonderung, daß ein versprengtes Häuflein von inspirierten Nichteinverstandenen für den Erhalt des allgemeinen Verständigungssystems unerläßlich sind. Man beobachtet nicht zuletzt deshalb eine wachsende Indifferenz unter den Jugendlichen, weil die politisierte Gesellschaft sich ausschließlich mit korporierten Minderheiten beschäftigt hat und keinerlei Prägemuster für den Einzelgänger zur Verfügung stellte.

Diejenigen, die zu meiner Zeit das Zeug zum Außenseiter besaßen, fanden sich schnell zusammen im gerichteten Strom, auch wenn dieser von einer »anderen Akzeptanz« getragen wurde, als sie die Mehrheit der Normalbürger aufbrachte. Dann war es eben der kollektive Befindlichkeitsstrom der Rock- oder Underground-Szene, des politischen Anarchismus etc. Heute benutzen Majorität und Minderheit, gleich welcher Sparte, durchweg dasselbe konforme Vokabular der Empörungen und Bedürfnisse.

Dem gegenüber werden sich strengere Formen der Abweichung und der Unterbrechung als nötig erweisen; man wird sich daran erinnern, daß in verschwätzten Zeiten, in Zeiten der sprachlichen Machtlosigkeit, die Sprache neuer Schutzzonen bedarf; und wär's allein im Garten der Befreundeten, wo noch etwas Überlieferbares gedeiht, hortus conclusus, der nur wenigen zugänglich ist und aus dem nichts herausdringt, was für die Masse von Wert wäre. Tolerante Mißachtung der Mehrheit. Schief und verquält stellen sich jetzt nur noch diejenigen an, die sich zu Vermittlern berufen fühlen. Es ist jedoch völlig gleichgültig, was in Dutzenden Kanälen ausgestrahlt wird, sobald einmal die Stränge der Vermittlung gekappt sind. Es bedarf dann keiner Beschwerde, keiner Klage mehr.

Die Schande der modernen Welt ist nicht die Fülle ihrer Tragödien, darin unterscheidet sie sich kaum von früheren Welten, sondern allein das unerhörte Moderieren, das unmenschliche Abmäßigen der Tragödien in der Vermittlung. Aber die Sinne lassen sich nur betäuben, nicht abtöten. Irgendwann wird es zu einem gewaltigen Ausbruch gegen den Sinnenbetrug kommen.

Wenn man nur nicht mehr von »Medien« spräche, sondern von einem elektronischen Schaugewerbe, das seinem Publikum die Welt in dem äußersten Illusionismus, der überhaupt möglich ist, vorführte. Aber eines Tages geschähe es eben, über Nacht, wie in einer universellen Mutation, daß alle Welt plötzlich den Glauben an den Schein verlöre. Auf dem Bildschirm würden noch fortgesetzt die erbittertsten Anstrengungen unternommen, um das Publikum wieder einzufangen, es erneut zu illusionieren, abzurichten auf die moderierten Frequenzen. Doch sie würden nicht mehr empfangen. Das Weltschaugewerbe wirkte auf einmal wie ein verstaubter Zirkus, es hätte auf einen Schlag alle suggestive, realitätszersplitternde Macht verloren. Die in den Kästen würben und lockten immer noch – doch das Publikum lächelte jetzt befremdet und milde zugleich: es glaubt einen anderen Glauben.

Wir haben unser Bestes zur Stärkung des Systems und zum Ausgleich der Kräfte gegeben. Setzt dieses aus oder wird empfindlich gestört, so stehen wir selbst ohne eigene Stärke da. Weder der einzelne noch die Menge unterhalten die geringste Verbindung zu Prinzipien der Entbehrung und des Dienstes, oder zu anderen sogenannten preußischen Tugenden, die sich ein Hitler noch nutzbar machte. Eher würde diese Republik mit einem Wimmern enden als mit dem großen Knall, der Resurrektion des Führers. Es wird vermutlich so sein, daß die niedergehende Gesellschaft – ohne ihr System aufzugeben – in die Hände einer systemkonform arbeitenden Schattengesellschaft fällt. Daß hinter den schwachen Drahtziehern dann die stärkeren Drahtzieher auftauchen und sie in ihre Züge nehmen.

Die Intelligenz der Massen hat ihren Sättigungsgrad erreicht. Unwahrscheinlich, daß sie noch weiter fortschreitet, sich transzendiert und zehn Millionen RTL-Zuschauer zu Heideggerianer würden. Hellesein ist die Borniertheit unserer Tage. Die High-Touch-Intelligenz, alle immer miteinander in Tuchfühlung, unterscheidet nicht mehr zwischen Fußvolk und Anführern. Was einmal die dumpfe Masse war, ist heute die dumpfe aufgeklärte Masse.

Ich sehe zwischen einem Schau-Gespräch und einem Schau-Prozeß nur graduelle Unterschiede in der Vorführung von Denunzierten. Wer sich bei einer privaten Unterhaltung von Millionen Unbeteiligter begaffen läßt, verletzt die Würde und das Wunder des Zwiegesprächs, der Rede von Angesicht zu Angesicht, und sollte mit einem lebenslangen Entzug der Intimsphäre bestraft werden. Das Regime der telekratischen Öffentlichkeit ist die unblutigste Gewaltherrschaft und zugleich der umfassendste Totalitarismus der Geschichte. Es braucht keine Köpfe rollen zu lassen, es macht sie überflüssig. Es kennt keine Untertanen und keine Feinde. Es kennt nur Mitwirkende, Systemkonforme. Folglich merkt niemand mehr, daß die Macht des Einverständnisses ihn mißbraucht, ausbeutet, bis zur Menschenunkenntlichkeit verstümmelt. Es herrscht der Drill des Vorübergehenden, gegen den keine Instanz der Erde sich noch auflehnen kann. Dieser wird im wesentlichen mit »Schnitten« ermöglicht; aber die Schnitte haben entgegen dem Wortsinn nichts Trennendes, sie bringen es vielmehr zustande, daß eine unendliche Kette der Berührungen entsteht, daß letztlich alles mit allem in Berührung gerät.

Auch das Mißverständnis, sogar das Mißverständnis wird einem menschlich teuer – es ist nahezu aufgelöst im Verkehr der öffentlichen Meinung. Jeder Meinende versteht den anders Meinenden. Da gibt es nichts zu deuten. Die Öffentlichkeit faßt zusammen, sie moduliert die einander widrigsten Frequenzen – zu einem Verstehensgeräusch.

Das Mißverständliche wird um so mehr zum Privileg des Kunstwerks, das Deutung fordert und nichts meint.

Ich habe keinen Zweifel, daß Autorität, Meisterlehre, eine höhere Entfaltung des Individuums befördert bei all jenen, die sich ihr zu verpflichten imstande sind, als jede Form der zu frühen leichtgemachten Emanzipation. Die herrenlose (und widerstandslose) Erziehung ist für niemanden gut gewesen, sie hat nur eine Vermehrung der Gleichgültigkeit hervorgebracht, eine jugendliche Müdigkeit.

Es ist schade, ganz einfach schade um die verdorbene Überlieferung. Ja, sie verdirbt draußen vor den Toren wie eine Fracht kostbarer Nahrung, auf die die Bevölkerung wegen irgendwelcher Zollstreitigkeiten verzichten muß. Die Überlieferung verendet vor den Schranken einer hybriden Überschätzung von Zeitgenossenschaft, verendet vor der politisierten Unwissenheit jener für ein bis zwei Generationen zugestopften Erziehungs- und Bildungsstätten, Horste der finstersten Aufklärung, die sich in einem ewig ambivalenten Lock- und Abwehrkampf gegen die Gespenster einer Geschichtswiederholung befinden: »Wehret den Anfängen!« … Ach! Setzt selber einen brauchbaren!

Kunst, Kunstwerke, auch heutige, werden den massenhaften Verzicht auf Kunst in diesem Massenzeitalter überleben, wie sie alle anderen Anfechtungen der Barbarei und der Indifferenz überlebt haben. Ihre Autoren müssen sich indes der demokratischen Illusionen enthalten, als seien ihre Werke aus Allgemeinheit entstanden, der Allgemeinheit verpflichtet. Und doch werden sie immer durch Sprache in eine Sphäre getaucht, die schmerzlich spüren läßt, daß Dichtung einmal weit über die Grenzen der wenigen hinaus Herrschaft besaß, als sie der Welt und den Mächtigen befahl, das Hören zu schulen, das Wünschen, Denken und die Erinnerung zu stärken.

Dies hat es immer gegeben: daß sich der Poet vornehmlich in Verständigung mit vorausgegangenen Geistern befindet – aber vielleicht nie in solcher Ausschließlichkeit, in solcher Publikumsferne.

Vielleicht muß heute die Obszönität der Kommunikation niemanden darin beschränken, sein Talent auszubilden, im Gegenteil. Auch die Obszönität von Militarismus und Kolonialismus hat nicht verhindert, daß zu ihrer Zeit die nötige Menge freier Geister entstand, die eine Epoche braucht, um als solche kenntlich zu sein. Der Untergrund ist alle Zeit der gleiche Matsch.

Der Widerstand ist heute schwerer zu haben, der Konformismus ist intelligent, facettenreich, heimtückischer und gefräßiger als vordem, das Gutgemeinte gemeiner als der offene Blödsinn, gegen den man früher Opposition oder Abkehr zeigte.

Die Minderheit! Ha! Das sind bei weitem schon zu viele! Es gibt nur das Häuflein der versprengten einzelnen. Ihr einziges Medium ist der Ausschluß der vielen.

Elitär! – nach wie vor ein Schimpfwort, wohingegen »Elite« inzwischen wieder gesellschaftsfähig wurde – für unsere Zwecke gleichwohl ein lächerlicher Begriff angesichts der Tatsache, daß nur noch in engsten literarökologischen Enklaven, in Denk- und Empfindungsreservaten, ein Überleben möglich ist. Alles übrige: überdüngtes Gewässer, infolge von Abfalleinleitung aus den öffentlichen Kanälen.

Es ist überhaupt keine Frage, daß man glücklich und verzweifelt, ergriffen und erhellt leben kann *wie eh und je*, freilich nur außerhalb des herrschenden Kulturbegriffs. Was sich stärken muß, ist das Gesonderte. Das Allgemeine ist mächtig und schwächlich zugleich.

Wenn man nur aufhörte, von Kultur zu sprechen, und endlich kategorisch unterschiede, was die Massen bei Laune hält, von dem, was den Versprengten (die nicht einmal eine Gemeinschaft bilden) gehört, und das beides voneinander durch den einfachen Begriff der Kloake, des TV-Kanals, für immer getrennt ist… Wenn man zumindest beachtete, daß hier nicht das gemeinsame Schicksal *einer* Kultur mehr vorliegt – man hätte sich einer unzählige Zeitungsseiten füllenden »kulturkritischen« Sorge endlich entledigt.

Die Wiederkehr der Götter, wie Malraux und Jünger sie voraussehen, die Hoffnung der Weisen – nur: wie heißen die Künftigen, und wer empfängt sie? Wer steht in »fürchtigster Frömmigkeit« (Rilke) vor ihnen und kennt dann ihre Namen nicht? Und wenn sie sie bilden wollen auf ihren Lippen, kommen nur technische Floskeln heraus, Kürzel und Kauderwelsch. Solche Wiederkehren kämen dem Einbruch des Unbekannten gleich, unter Umständen sogar: des einmalig Fürchterlichen.

Harte, schmucklose, dramatische Dichotomie: es ist verwerflich ohne jede Einschränkung, sich an Fremden zu vergreifen – es ist verwerflich, Horden von Unbehausbaren, Unbewirtbaren ahnungslos hereinzulassen. Die Deutschen sind nach wie vor zu jeder Schandtat bereit und ebensofort bereit, die begangene Schandtat aufgebracht zu bereuen. Vierzig Jahre zivilisierte Lebensform haben nichts an der Volksseele geändert. Die schweigende Mehrheit, nämlich 51 Prozent, gibt heute ihre Meinung kund, der Grölspruch »Deutschland den Deutschen« käme auch ihr aus dem Herzen, um morgen mit gleichem überwältigenden Votum Abscheu und Entsetzen über ihre gestrige Meinung zum Ausdruck zu bringen.

Wenn die Diktatur des Vorübergehenden, an die die Medien das Volk gewöhnt haben, neben ihrer moralischen Verwerflichkeit nur das eine Gute hätte, daß man nämlich auch diesmal nach kurzer Zeit der unentwegten Brennpunkte und Trommelfeuer plötzlich nichts mehr von Ausländerfeindlichkeit hören und sehen will und deren medialer Tod beschlossen wäre, so würde sich dies gewiß günstig auf die tatsächlichen Gegebenheiten auswirken, vielleicht sogar einschläfernd auf die Kräfte des Bösen. Der Verlust der Medienpräsenz gilt ja heute nicht nur für diese so viel wie der Verlust der halben Existenz. Aber hierzubleiben, wo es nicht schwer wäre für unsereinen, außer Landes zu ziehen wie manch andere, die sagen: ich lasse mir doch meine Seele nicht verderben in meinem Vaterland; die Seele, sagen sie, – ich bin Dichter! – ist mein höchstes Gut, weit höher als das ganze Vaterland ... und hierzubleiben trotzdem, weil, was geschieht, eben doch ein Teil auch dieser *Seele* ist ...

Die Schamverletzungen, die die anarcho-fidele Erst-Jugend um 68 herum beging, ist nun von rechts beerbt worden. Die neuen Jugendlichen tun zunächst nichts anderes als ihre

Väter-Generation – sich großtun, Initiation betreiben durch Tabuzertrümmerung.

Doch handelt es sich auch bei den Schändungen, die Neonazis jetzt begehen, im besonderen bei ihren antisemitischen Ausschreitungen, keineswegs um militante Akte der Gegenaufklärung. Denn diese, im strengen Sinn, wird immer die oberste Hüterin des Unbefragbaren, des Tabus und der Scheu sein, deren Verletzung den Strategen der kritischen Entlarvung lange Zeit Programm war.

Die Verbrechen der Nazis stehen zuletzt außerhalb der Ordnung des Politischen. Sie können nicht erinnert werden. Sie stellen den Deutschen in die Anwesenheit der Untat, in die Erschütterung, als sei sie gerade geschehen; wenn es ihm Ernst wäre, gliche er dem gläubigen Juden, der den Auszug aus Ägypten über alle Zeiten in unmittelbarer Gegenwart erfährt. Eine über das Menschenmaß hinausgehende Schuld wird nicht durch moralische Scham oder staatsbürgerliche Gedenkstunden über ein paar Generationen »abgearbeitet«. Sie wird den Nachlebenden vielmehr zum Verhängnis in der sakralen Dimension des Wortes, indem sie ihr geschichtliches und gesellschaftliches Leben auf Dauer entstellt.

Gäbe es eine Physik kleiner und kleinster Dämonen, immaterieller Übertreiber, dann flögen jetzt überall Schwärme von Amplifikatoren, Akzeleratoren, Präzipitatoren (Elemente einer sich überstürzenden Unheilsentwicklung) herum. Sie lassen etwa unseren Moderator mit bleicher Entrüstung die Feststellung treffen, Deutschland drohe (wegen der Asylrechtsänderung) zum größten Deportationsland Europas zu werden. Wenn das keine Begriffsschändung ist … Oder sie bewirken, daß der mediale Mainstream das rechte Rinnsal stetig zu vergrößern sucht, das Verpönte immer wieder und noch einmal verpönt, nur um offenbar immer neues Wasser in die Rinne zu leiten, denn man will's ja schwellen sehen, die Aufregung soll sich doch lohnen. Das vom Mainstream Mißbilligte wird von diesem großgezogen, aufgepäppelt, bisweilen sogar eingekauft und ausgehalten. Das Bleichgesicht der öffentlichen Meinung und die verzerrte Visage des Fremdenhassers bilden den politischen Januskopf – denn alles im Politischen läßt sich seitenverkehrt in einem Kopf vereinen.

Unvereinbarkeit besteht heute im Grunde nur noch zwischen dem Reich, das die politisch-gesellschaftliche Hegemonie über Geist, Moral, Wissenschaft und Glaube erstrebt, und, auf der anderen Seite, der entschiedenen Bestreitung solcher Hegemonialansprüche. Es gibt gewissermaßen ein politisches Externum zur Bekämpfung und Leugnung der Allmachtsansprüche des Politischen. Eine geistige Reserve, die im Namen der Weisheit der Völker, im Namen Shakespeares, im Namen der Rangabwertung von Weltlichkeit, im Namen der Verbesserung der menschlichen Leidenskraft gegen die politischen Relativierungen von Existenz ficht.

Sobald Chaos und Unheil heraufziehen, fahren die ersten Wirbel unter die Vernunft und lösen sie aus ihren geschickten Verhaftungen. Man spürt es daran, wie unangemessen Vernunft auf einmal spricht, unangemessen der Größe der drohenden Schatten. Irgendeine tiefere Ablenkung geht durch die Gesichter und die Rede. Niemand ist mehr ganz bei der Sache, wenn er auch noch so ergeben von der Sache spricht. Irgendein Strom, der durch alle geht, aus allen kommt und sie heimlich abzieht aus den Räumen ihres gewohnten Bewußtseins.

Von der Gestalt der künftigen Tragödie wissen wir nichts. Wir hören nur den lauter werdenden Mysterienlärm, den Bocksgesang in der Tiefe unseres Handelns. Die Opfergesänge, die im Innern des Angerichteten schwellen. Die Tragödie gab ein Maß für das Erfahren des Unheils wie auch dafür, es ertragen zu lernen. Sie schloß die Möglichkeit aus, es zu leugnen, es zu politisieren oder gesellschaftlich zu entsorgen. Denn es ist

Unheil wie eh und je; die es trifft, haben nur die Arten gewechselt, es wahrzunehmen, es anzunehmen, es zu nennen mit abgetönten Namen.

Wir haben von jeder nur möglichen Katastrophe ein Bild, lange bevor sie eintritt (heute, hörig der Abstraktion, haben wir sie sogar bereits analysiert und ihren wahrscheinlichen Umfang ermittelt). Das Weltbild im Wechsel von Dante zum Computerszenario gleicht sich doch darin, daß es im Durchschein des Künftigen leuchtet und Licht verteilt. In den Grundbildern ist kein Raum für das Unbekannte. Hier ist alles vorausgesehen. In den Symbolen der Dichtung erschöpft sich die menschliche Vorstellungskraft wie aber auch die weltliche Ereignispotenz.

»Denn während Sie mit Auge und Herz den neuen Dingen zugewandt sind, lebe ich mit jedem Atemzuge in einer Vergangenheit, die nie war und welche die einzige Zukunft ist, die ich ersehne. Ich bin aller Orten fremd.« … Nationalismus und Rassismus treten – vornehmlich unter Gebildeten, wie im Fall des zitierten Paul Lagarde – auch auf als Triebsubstanz von Einsamkeit und Verbitterung. Und nicht einfach in dem Sinn, daß man sich Schuldige wählt für sein eigenes mißglücktes Dasein. Die Namen werden oft nur einem namenlosen Unmutsgefühl angedient. Selbst Judenhaß deckt dann nur einen gewissen Teil des tiefen Hasses gegen Unbekannt. Jeder große Haß ist altertümlich und bezieht Nahrung aus primordialen Depots. Rassismus und Fremdenfeindlichkeit sind »gefallene« Kultleidenschaften, die ursprünglich einen sakralen, ordnungstiftenden Sinn hatten. In *Das Heilige und die Gewalt* schreibt René Girard: »Der Ritus ist die Wiederholung eines ersten spontanen Lynchmords, in dessen Folge in der Gemeinschaft wieder Ordnung herrschte …« Der Fremde, der Vorüberziehende wird ergriffen und gesteinigt, wenn die Stadt in Aufruhr ist. Der Sündenbock als Opfer der Gründungsgewalt ist jedoch niemals lediglich ein Objekt des Hasses, sondern ebenso ein Geschöpf der Verehrung: Er sammelt den einmütigen Haß aller in sich auf, um die Gemeinschaft davon zu befreien. Er ist ein metabolisches Gefäß. Anderswo übernimmt diese Dynamik des Heils der Stammesherrscher, der König: Er inkorporiert die Macht der Finsternis, zieht alles Übel auf sich, um es dann in Stabilität und Fruchtbarkeit zu wandeln. Der Herrscher übernimmt die Funktion des kultischen Opfers. (Entsprechend hätte etwa der linke Terrorismus seine Rolle im play of kingship gespielt, da er seinen Haß ausschließlich gegen die Herrschenden richtete und seine Opfer aus ihren Reihen wählte. Er hat damit nicht für größere Unordnung in der Volksgemeinschaft, sondern im Gegenteil für die beinahe einmütige Bekräftigung der bestehenden Ordnung gesorgt. Bei der rechtsradikalen Gewalt, die vom »feigen Mord« mit elektronischer Fernsteuerung zurückgeht zum Lynchmord, der Zerreißung unter dem Lärmgott, besteht die Gefahr, daß sie nicht einmal die negative Einmütigkeit stiftet in der Ablehnung der Greuel und daß aus dem Weh kein Wohl entspringt. Wir fürchten es, wir wollen es mit aller verbleibenden Macht verhindern und haben doch kein sicheres Mittel zur Abwehr, wenn in unsere abstrakte Welt Bromios, der laute Schrecken, einschlägt und das angeblich so wirklichkeitsbezwingende Gefüge von Simulakren und Simulatoren von einem Tag zum anderen ins Wanken gerät. Die Wirklichkeit blutet wirklich jetzt.)

Es ist so gut wie unmöglich, Anmerkungen zur Psychopathologie deutscher politischer Befangenheiten zu machen, ohne selbst in sie verstrickt zu werden. Hier ist niemand Arzt, sondern alle sind Leidende, Befallene. Hier gibt es keine *freie* Rede und Gegenrede, sondern in erster Linie Probleme krankhafter Reizbarkeit – offenbar der letzte Lebensnerv eines im übrigen eiskalten und indifferenten Öffentlichkeitsbetriebs.

Wer den Autor jenes »Anschwellenden Bocksgesangs« auch nur in entfernte Verbindung zu Antisemitismus und neonazistischen Schandtaten bringt, ist jemand, der keine Differenz mehr erträgt. Folglich ist er entweder ein Barbar oder ein politischer Denunziant. Oder eben jemand, der beinahe willenlos öffentliches Gerede durch den eigenen Mund rauschen läßt, ganz so, wie in jenem Artikel beschrieben. Im übrigen besteht der eigentliche Skandal dieses Beitrags darin, daß er nicht schon mit seinem Erscheinen verblaßte und sich offenbar auch nicht im Handumdrehen erledigen ließ, wovon die zahlreichen Verächter seines sprachlichen und gedanklichen Manierismus sofort überzeugt waren. Vielleicht hat gerade seine Form dazu geführt, daß die Sache nicht so glatt durch den Tag rutschte wie das meiste sonst. Die kurze, schlanke Gescheitheit, die der Journalismus bevorzugt, erfaßt nichts vom Labyrinth der jetzt erlittenen Welt.

Jenes »Rechte«, um das der Streit noch geht (und für mich ist es zuerst das Rechte des gegenrevolutionären Typus von Novalis bis Rudolf Borchardt), ist inzwischen ein intellektuelles Suchtproblem geworden. In erster Linie deshalb, weil es in besonders spannungsreichem Verhältnis zum mißbrauchten Rechten steht, das besser seitenneutral: das totalitäre Verbrechen hieße. Hier ist die kategorische Unterscheidung noch längst nicht so geläufig wie auf seiten der Linken, wo niemand gegen einen Literaten, der für den demokratischen

Sozialismus eintritt, den Vorwurf erhöbe, er mache Stimmung für die Wiederkehr stalinistischer Blutbäder. Aber bekanntlich gilt vielen dieser Symmetrie-Gedanke bereits als Frevel … Doch insgesamt wird auch er an Bedeutung verlieren, insofern von der Linken keine größere geistige Offensive mehr zu erwarten ist; sie wird sich damit begnügen, an der Organisation des gesellschaftlichen Lebens beteiligt zu sein, und schlimmstenfalls dessen Zerfall in Form der politischen Korrektheit vorantreiben.

Das Maß der Wörtlichkeit

Über Peter Stein

1997

Plötzlich ändert sich der Zungenschlag. Die Grimasse verdeckt das unerforschliche Gesicht, und Verse werden »Texte«, und Texte werden nur durch Übermalung interessant. Das verkehrte Heilige leiht seine alten Formen, Lästerrede, Hostienschändung, Häßlichkeit, an den neuen Eifer der Betroffenheiten. Der verklemmte deutsche Spießer, als Nachbar so gut wie ausgestorben, bleibt auf der Bühne unser nächster Zeitgenosse. Nur um sich ein Wesen zu erhalten, das man nach Belieben deformieren kann. Sex und andere Grotesken. Hitler und sein kleiner Mann. Die Kunst, die alltäglicher als der Alltag werden wollte, widerspiegelt bestenfalls noch Kulturtheorie: Wir alle stecken bis zur Schädeldecke im Müll, und unser Leben ist nur erlebte Entropie.

Ein junger Theatermann fände heute, ganz ähnlich wie Peter Stein vor dreißig Jahren, eine einzigartige Gelegenheit, sich den schlechten Konventionen, dem Akademismus der Deformationskünste durch Sezession zu entziehen. Es müßte ihm freilich gelingen, die Verschnürung seines Herzens zu lösen, vom Zwang des herrschenden Zynismus seine Sehnsucht zu befreien, fürs erste nur dies eine unübersetzbar deutsche Wort für sich in Anspruch zu nehmen ... Er würde dann von selbst der Lehre von der Gleichgültigkeit das Abenteuer einer éducation sentimentale vorziehen, die er durch die Originale empfänge und nicht zuerst von zweiter zittriger Hand durch Netze und Medien. Denn die Werke verfügen immer noch über die größten Speicherplätze, und sie erspielen alles Menschenmögliche aus ihrem Gedächtnis.

Vor kurzem hielt Peter Stein an der Berliner Hochschule der Künste ein eigentümliches Kolleg, das sich der Frage widmete: Was können wir heute von Fritz Kortner lernen? Was läßt sich von einem überragenden Theatermann einer jüngeren Generation überliefern, die seine Inszenierungen nicht, seinen Namen kaum noch kennt und ihn nur anhand von Filmen, Aufzeichnungen, Memoiren et cetera studieren kann? Ist solche Weitergabe gegenwärtig möglich oder nötig, ist sie überhaupt wünschenswert? Die Veranstaltung gewann immer größeren Zulauf, und viele Theaterinteressierte kamen sicher nicht zuletzt, um Stein zu erleben, der ihnen zwei Stunden lang in freier Rede, mit Präzision und Inbrunst, von einem Erbe sprach, das ihn geprägt und erzogen hatte, einer der wichtigsten Quellen seiner energischen Vorlieben und ebenso energischen Idiosynkrasien. Er überzeugte sein Publikum, nicht indem er interessant aus der Vergangenheit erzählte, sondern er überzeugte ganz offensichtlich als ein von Herkunftsbewußtsein durchdrungener und erhellter Mensch, wie man ihn heute, in welchem Berufszweig auch immer, nur selten noch finden kann. Dabei mußten seine kernigen Fünfziger-Jahre-Sprüche, die Redensarten seiner Jugend, die Vielzahl seiner Anspielungen und polemischen Seitenhiebe, mußte schließlich seine ganze um Einsicht und Unterscheidung werbende Intelligenz befremdlich genug auf seine Zuhörer wirken und ihn zuweilen als ein wunderliches Fabelwesen erscheinen lassen, das aus versunkenen deutschen Bildungsgeschichten aufgetaucht war und das die Jungen eher bestaunen als begreifen mochten, die diffus-neugierigen, die späten, mageren und übersättigten Eleven, die nicht wissen, wie einen guten Anfang machen. Ihnen gegenüber jemand, von dem man sagen könnte, daß brennendes Interesse beinahe die Hälfte seiner Begabung ausmacht.

Ist brennendes Interesse aber lehrbar? Von der Schlüsselkraft des Berufs kann der Lehrer nur etwas vermitteln, indem er sie ausstrahlt, indem er fasziniert und Vertrauen weckt. Von Stein zu lernen hatte mancher in der Praxis schon Gelegenheit. Einer, der von seiner wesentlichen Leidenschaft etwas abbekommen hätte, fand sich bis heute nicht. Nun muß man sagen, die Überlieferungsgeschichte, die zwischen Kortner und Stein noch lebendig war, unerbittliche Schriftgläubigkeit, Buch- und Buchstabenversessenheit, sie scheint gegenwärtig unterbrochen, jedenfalls am wenigsten dem Hauptstrom der Transporte angeschlossen. Tatsächlich wird jetzt vom Kunstmarkt weit mehr auf die Bühne getragen als aus der Literatur. Das deutsche Theater insgesamt befände sich auf gutem Weg, ein neues Gesamtkunstwerk hervorzubringen, mit seinen erstaunlichen Erfindungen im chorischen, musikalisch-choreographischen Bereich, wäre da nicht immer noch dieser verdammte Fremdkörper, »der Text«, die leidige Sprache, schwer zu bewältigen, weil sie dauernd Sinn macht, Sinn aber nur weiteren Müll produziert, weshalb man Texte unverzüglich bebildern, mit comic soundtrack unterlegen, singen oder durch Chat-Kanäle schütten muß.

Was könnte er denen noch für Winke geben? Die Verspielten und Entlasteten, die Nonreader, Zapper und Monotonisten finden bei ihm, einem Meister des Verstehens, keinen suggestiven Stil, den sie kopieren können, sie finden jemanden, der blind verliebt ist in die Vollkommenheit der Werke. Der immer tiefer in die Stücke lauscht und seinem feinen Gehör entsprechend sich immer mehr zum Gehorchen wandelt.

Sein Theater verweigert sich der medialen Vermischung wie dem ästhetischen Rigorismus. Es ist zuerst und bis zuletzt ein Ort der erweiterten Buchstäblichkeit. Sie wiederum steht im Zeichen einer Erotik des Entdeckens, die sich dem Kunstwerk nähert, ohne es zu »bewältigen«, und die seine Eroberung durch die eigene Unterwerfung vollzieht. Dabei entfällt von selbst der biedere Begriff der Werktreue, denn nicht die Pflicht der Ehe, sondern ein beständig unbeständiges Verhältnis wird ertragen, mit allen Launen, Enttäuschungen und rauschhaften Illusionen, die insgesamt das Verlangen wie die Unsicherheit stetig erhöhen.

Nehmen wir an, es ist ein Eimer mit Wasser über die Bühne zu tragen. Das läßt sich auf dutzendfach verschiedene Weise erledigen. Jedem begabten Regisseur wird hier auf der Stelle etwas Besonderes einfallen. Beim Schleppen des Eimers entsteht, vielleicht nur für einen kurzen Auftritt, ein Mensch, je nach Handlungsrahmen, ein demütiger oder ein stolzer, eine geschundene oder leichtsinnige Person, und sie wird wegen der Kürze ihres Bühnenlebens auffällig gekennzeichnet. Oder sogar, nach dem heutigen Verfahren des creative directing: Der Gang mit Wassereimer wird »dekonstruiert«, von der Person abgelöst, eine Theaternummer für sich.

Für Stein würde in einem solchen Fall weder die Besonderung noch die Überformung der betreffenden Person von Interesse sein. Auf der Probe bliebe es bei einem eher blassen, sinnfälligen, nur technisch genau festgelegten Vorgang. Nichts Apartes. Keine ins Auge springende Kleinigkeit. Gleichwohl ein Baustein, ein Meßzeichen innerhalb eines noch unerschlossenen Zeitplans der ganzen Aufführung. Tatsächlich gewinnt der nebensächliche Vorgang während der letzten Durchläufe erst sein eigenes, sein agonales Gewicht. Er wird auf einmal als unverzichtbares Element des Dramas, nicht als individuelles Detail, anschaulich und wirksam. Steins grundsätzliche Bewegung geht derart vom Technischen zum Strukturellen und darin zuletzt zum Irrationalen. Er inszeniert keine »Texte«, er inszeniert das Drama und seine Zeit. Eine Zeit, die so geschlossen und verfugt, so bindend und lösend, nirgends sonst auf der Welt verstreicht. In ihrer Ordnung wird der Buchstabe, kleiner Gang mit Wassereimer, ein Atemzug.

Ich habe diesem Regisseur auf hundert und mehr Proben zugeschaut; ich habe studiert, wie er einem Schauspieler mit präziser Übertreibung vorspielte und dabei alles Bedeutungsvolle ins Triviale und Gewöhnliche übertrug, so daß der Schauspieler ihn niemals nachzuahmen versucht war, sondern lediglich den nötigen Grund und Boden unter die Füße bekam, um seine Sache dann so hoch und mutig, wie er konnte, zu führen.

Ich sah ihn mit Engelsgeduld sein Ziel erreichen und hörte ihn mit Engelszungen vergeblich auf einen Unbeweglichen einreden. Ich fand ihn stets in einer akuten, empfindlichsten Abhängigkeit von seinen Schauspielern, denen er im wesentlichen fördernd zur Seite war, meist nur ordnend und festigend, was sie im Anflug selber hervorbrachten. Ich habe nie erlebt, daß er mit vorgefaßtem Konzept oder einer fixen Idee die Probe begonnen hätte. Ich sah ihn arbeiten im Zustand des inspirierten Übermuts, der sentimentalen Hingabe und der übelsten Mißlaune, und doch blieb mir bis heute unbegreiflich, wie aus diesem säumigen Sammeln, dem freizügigen Entstehen und Gewährenlassen, jeweils die zwingende Gestalt des Ganzen aufsteigen konnte.

Ich folgte doch jedem rationalen Fortschritt der Proben, die vielen Wiederholungen brachten das Kalkül jeder einzelnen Szene zutage, aber nirgends war die Schwelle zu bestimmen, von der alle Einzelarbeit sich zu dem einen schlüssigen Rhythmus der Aufführung erhob. Und dieser entstand ja nicht von selbst, noch ließ er sich im voraus festlegen wie etwa eine szenische Sequenz bei Bob Wilson. Diese bezwingende Vollzugsdynamik, die alle großen Stein-Inszenierungen beherrscht, unterscheidet heute den reinen und ursprünglichen Theatraliker von den zahllosen Theatermachern.

Sein *Cäsar*, seine *Phädra* und *Libussa*, inszeniert nach einer Gesetzmäßigkeit, die nichts Beliebiges, Zusätzliches erlaubt, verbinden sich überraschend den Tendenzen einer neueren Architektur, die eine Wiederbegegnung mit den klassischen Hochhaus-Proportionen sucht: Werke, von allen Seiten einsehbar, doch im ganzen nie durchschaubar. »Was gibt es Geheimnisvolleres als die Klarheit?« fragte einst Paul Valéry. Das gilt für das Unvermischte der klassischen wie der erneuerten Moderne, es gilt auch für Steins theatralische Integrität.

Eine theatergeschichtliche Leistung wie die Gründung des Schaubühnen-Ensembles muß (wie oft auch das Werk eines epochemachenden Autors) die Chance haben, in der nachfolgenden Generation in Vergessenheit zu geraten, um vielleicht später einmal beispielhaft, als produktive Legende, wiederaufzutauchen. Vorausgesetzt, das Theater besäße dann noch geschichtliches Leben genug, wie es das immerhin bewies, als Stein im Rahmen seiner Tschechow-Inszenierungen die Arbeit Stanislawskijs studierte, ehrte, in Erinnerung rief.

Das umwälzende Vergessen ist wichtig und nötig, und man darf jetzt schon sagen, daß von den fünfzehn Jahren kontinuierlicher Schaubühnen-Arbeit keine Spur zum jüngeren deutschen Theater führt. Es bleibt immerhin denkwürdig, daß dieselbe Zeitenwende, die den antiautoritären Stil erfand, auch den Prinzipal-, niemals Guru-Charakter Steins begünstigte: Sein Theater ging zurück auf die Schauspiel-Truppen der Goethezeit und ging anderen voran mit einem funktionsfähigen Mitbestimmungsmodell, einer Rangordnung ohne Stars und Statisten.

Dennoch wäre es bei einem kurzlebigen Experiment geblieben, wenn den formalen Statuten nicht auch eine künstlerische Eigentümlichkeit, eine spezifische Dramaturgie entsprochen hätte. Ob *Bakchen* oder *Sommergäste*, ob *Peer Gynt* oder *Optimistische Tragödie*, die wichtigsten Aufführungen der frühen Schaubühne waren bewegte Tutti-Kompositionen, meist für die simultane Raumbühne angelegt. Die inszenierte Totale, die jede Schauspieler-Individualität hervorhob, gleichzeitig den einzelnen in ständiger Wechselwirkung der Gruppe verband, wurde zur Stilfigur dieses Theaters und seine ureigene Hervorbringung.

An der chorischen Form, die er aus dem Ensemble-Körper entwickelt hatte, konnte Stein später in der Oper weiterarbeiten, nachdem sie in den beiden *Orestie*-Inszenierungen gewiß einen Höhepunkt an melodischer und figürlicher Vielfalt, an Undeterminiertheit erreicht hatte. Denn diese Chöre werden von faszinierend wechselnder Gestalt bewegt. Hier bilden sie gleichsam den mehrstimmig mit sich zerfallenen Protagonisten, dort eine disperse, differenzierte Menge, den sensiblen Haufen gewissermaßen, und immer sind sie der mustergültige Gegenentwurf zur formal oder visionär traktierten »Masse«, wie sie das Theater oder Kino bis dahin kannte. Mit seinen Chor-Erfindungen hat er immer wieder an das Mysterium des Gemeinsamen, an die publikumstiftenden Elemente des Theaters gerührt, ohne Rausch und Ritus, ohne jede restaurative Gebärde.

Wenn es ein unverkennbares Merkmal gibt, das alle von Stein geführten Schauspieler besitzen, so ist es die inzwischen seltene Tugend, daß sie grundsätzlich wissen, was sie auf der Bühne tun, und ohne Zweifel auch verstanden haben, was sie sagen. Ihr szenisches Verhalten wird von einer Art Verantwortungsethik gegenüber den eigenen Mitteln bestimmt. Ihre erste Frage wird nicht lauten: Was kann ich von meinem Können zeigen? Im Jargon: Komme ich in der Rolle vor oder nicht? Sondern sie wird immer lauten: Was muß ich mir eigens erarbeiten, um dem Anspruch der Rolle gerecht zu werden? Eine solche Methode birgt die Gefahr, einen Schauspieler, dem dieser Anspruch quer in die Glieder fährt, in seiner Spielfreude einzuschränken und ihn zu langweiligen und steifen Ergebnissen zu führen. Sie bietet indessen den unschätzbaren Vorteil, daß Schauspieler zumeist als Überzeugte überzeugen, als Text-Hörige auch das Zuhören des Publikums enorm verfeinern und steigern können.

Bei Stein kann sich jeder probierende Schauspieler darauf verlassen, gründlich und unablässig beobachtet zu werden. Er wird nie einen zweiten finden, der mehr an ihm wahrnimmt, zu unterscheiden weiß und ihm zurückträgt, der gewissenhafter auf seine Rolle eingeht als dieser Regisseur.

Da man aber über fünf, sechs Stunden Probe nicht unentwegt etwas neues Gescheites zum selben Problem von sich geben kann, behilft sich Stein wie jeder andere mit einer Handvoll wiederkehrender Grund- und Kernsätze. »Bedenke das Widersprüchliche!« lautet zum Beispiel ein Lieblingszuruf, den er an einen Schauspieler richtet, um ihn daran zu hindern, zu schnellen und glatten Lösungen zu gelangen. Dabei findet sich das »Widersprüchliche« selbstverständlich in der Nähe der romantischen Ironie und fern vom Brechtschen oder Marxschen Gesellschaftsbegriff.

Am sinnfälligsten faßt es die Anekdote, die er von einer Probe mit Hans Schweikart erzählt. Eine nachdenkliche Hauptdarstellerin tritt an die Rampe und fragt den Regisseur: »Herr Schweikart, an dieser Stelle zeige ich die Klara Hühnerwadel im Zustand der äußersten Verzweiflung. Aber im Grunde müßte sie doch gerade jetzt heilfroh und erleichtert sein ...?« Die Antwort des müden, doch weisen Regisseurs: »Ja, doch, kann auch mitschwingen.« Dieser sublime Unsinn wird jedem, der ins Theater geht, einleuchten. Er wird sich daran erinnern, daß ein Akt der Gewalt in einem Shakespeare-Drama nur dann wirklich gewaltsam war, wenn eine Geste der Zärtlichkeit ihn begleitete. Auf dem Theater wird in ausgewählten Augenblicken jede große Emotion von ihrer Gegenregung ununterscheidbar. Unvergessen, wie bei Stein die Hand des Brutus liebend dem Cäsar in den Nacken griff, als er, der letzte, zustach.

Wir haben glänzende Fortschritte beim Manipulieren unserer Erregbarkeit gemacht. Droge und schnelle Musik beeinflussen den sensitiven, nicht den emotionalen Bereich unserer Empfindungen. Auch das schmächtigste Gemüt läßt sich im Nu in Ekstase versetzen. Extreme Beschleunigung, schwere Langsamkeit, die sehr kurzen und die sehr breiten Metren, die uns erhitzen oder kontemplativ stimmen, machen eher unempfänglich für den Sog und die Steigerung der dramatischen Form. Sie lassen uns wenig spüren vom »aufsteigenden Nackenhaar«, vom Affekt der Überwältigung, dem Menschen seit jeher einzig im Theater begegnen konnten und unbedingt wollten, den sie mit ungefährem Begriff Furcht und Mitleid nannten, Erschütterung, von dem finalen Schauder eben, der Überschreitung partieller Erregungen zum Pathos der Beteiligung.

Vom Pathos wissen wir heute nur, daß es eine Menge hohles Pathos gibt. Dennoch muß die alte Sache noch einmal neu verhandelt werden. Nach dem Abzug der Weltverbesserer, nach dem Verblassen endzeitlicher Visionen, bleibt von der ganzen moralischen Anstalt vorerst nur ein Nutzen übrig: das Training der Empfindungskraft. Mehr als mein Gefühlsleben kann ich im Theater nicht verbessern.

Von solcher Wirkung würde schon berührt, wer sich dem Theater einmal mit jenem »kindlichen Vertrauen« überlassen dürfte, auf das Grillparzers Libussa ihre Sagen-Herrschaft gründet und Stein kürzlich seine Salzburger Inszenierung, als er's dem Autor schenkte und seinem fremdartigen Werk. Es war die innere und äußere Beweglichkeit der Hauptfiguren, mit jungen und blutjungen Schauspielern besetzt, die hier sentenzenselige Verse in ein anmutiges Argumentieren verwandelte und damit den Dialog, die ganze Aufführung in eine Offenheit vorantrieb, als sei im Drama gar nichts vorentschieden, als würde in der kommenden Stunde von den Spielern erst der Schluß erstritten, so daß bis zuletzt ein Hauch von Abwendung die bittere Notwendigkeit des Untergangs begleitete.

Weitab vom Klassiker-Epigonen entstand der Dichter des heidnisch-heiligen, des weiblichen Wissens neu: Im äußerst klaren Zeremoniell des Theaters kam es empor und blieb doch, an den Tag gebracht, unangetastet dunkel. Der Tag gehörte jedoch einer Zeit, in der weibliches Wissen längst vor den unseligen Diskursen floh, die ihm gelten, und einkehrte in seine unterirdischen Gründe. Doch gerade in dieser fragwürdigen Berührung von zeitkritischer und theatralischer Materie, die einander abstoßen müßten, vollzieht sich die wunderliche Kommunion: Achthundert Bescheidwisser geben auf, sie überlassen sich einem Schauspiel, das ein einziger großer Aufstieg von Zeit-Entsagung, ein tief gewollter Verzicht auf die Verhältnisse ist. Für die Dauer von vier Stunden beherzigt das Publikum, das pathosbereit ist im Gegensatz zu jedem einzelnen, die dunklen Sprüche eher als die hellen, hofft lieber mit Libussa auf die Wiederkehr der goldenen Vorvergangenheit als mit Primislaus auf einen ewigen Fortschrittssegen.

Die Habitués sind Peter Stein in den letzten Jahren mit manchem Vorbehalt begegnet. Man hat ihn zum Repräsentationskünstler ausgerufen, zum Abtrünnigen des Gegenwartstheaters (und zwar lange vor seiner Zeit in Salzburg). Dabei ist es nach Lage der Dinge ein Aufbruch und kein Rückzug ins Gefällige, den Stein mit seinen »Arbeiten der mittleren Periode« dem Theater im allgemeinen vorschlägt; Aufbruch aus den Niederungen der erschöpften Befindlich- und Beliebigkeiten; Abkehr vom Kult des Fragmentarischen, der zunächst ein heroisches Versagen ehrte, inzwischen aber zur prätentiösen Gebärde, sich der großen Form zu versagen, erstarrte. Abkehr schließlich von einem Theater, das, obschon am Rand des öffentlichen Interesses angelangt, immer noch den Affen der »Gesellschaft« spielt, anstatt sich zum Herrn einer fabelhaften Unzeitgemäßheit zu bestimmen, frei, wie es ist, und nur den Mächten seiner Phantasie unterworfen.

Von *Dickicht der Städte* bis zur *Libussa*, während der ersten dreißig Jahre seiner Theaterarbeit also, ist Stein immer der gleiche lesende Regisseur geblieben, der seine Lesart des jeweiligen Stücks auf der Bühne so spannend wie möglich zur Verhandlung brachte. Nur sind ihm im Laufe der Zeit die Werke immer näher gerückt, immer reicher und andeutungsvoller geworden. Kühnheit und Willkür der Aneignung, des erstbesten Begreifens, der provinziellen Anwendbarkeit, mit denen der junge Regisseur sich das Fremde, das Werk, gefügig macht, ersetzt der erfahrene durch genauere Lektüre. Lieber möchte es unangetastet in seiner ganzen Andeutung erscheinen, als daß seiner Schönheit irgendeine leichtsinnige Verletzung zugefügt würde; lieber möchte es erscheinen wie eine verlockende Szenerie vom anderen Ufer, die sich uns nur für wenige Augenblicke enthüllt, wenn unser Schädel auftaucht aus dem brackigen Mündestrom, wenn unser menschliches Gesicht auftaucht zwischen all den übrigen Resten, die auf den Wellen tanzen, unzählige Splitter, Brocken, Spuren von aufgelösten Häusern, Gütern, Gedichten.

Zeit ohne Vorboten
1998

Endlich sind alle Glühbirnen auf Erden miteinander verbunden! Die Vorstellungswelt des Paranoikers, seit jeher beherrscht von universeller Vernetzung, liegt uns nun vor als Spielfeld. Seine Software erwies sich als die vorteilhafteste Investition in die Zukunft. Nun ist seine Welt nicht mehr vorstellbar, und wir alle befinden uns auf der Suche nach einer neuen Irrealität.

Der Geist arbeitet auf der Höhe seines Könnensbewußtseins. Kein Bewußtsein, das ihn noch lähmte. Sobald die unendlich vielen Fertigkeiten zur Hyperfertigkeit sich fügen, wird unter ihnen auch der Geist gewesen sein. Nichts hindert dann den Übergang in ein Zeitalter der Trance.

Im Zeitalter der Trance bewegen sich die Menschen mit den Dingen ausgeglichen. Halb Chip, halb Tiefe, bleibt ihnen kein Zwischenraum, zu »reflektieren«. Die Dinge sind ihnen eingegeben wie im ersten Zeitalter der Trance die Götter.

Das Vorgesehene tritt nun schneller in Kraft als früher. Ohne Innehalten, ohne Furcht. Alles geht seinen unvermeidlichen, nur den Denkenden konsternierenden Gang. Der große Schritt, die Kehre verläßt den Raum des Religiösen nicht. Niemand wird sie noch mit dieser Lebenswelt in Verbindung bringen. Der Wettlauf der Verbesserungen ist vollkommen immun gegenüber Skepsis oder Ethik. Am Scheideweg? Längst vorbeigeschritten. Seit langem hört man niemand mehr menetekelnd vom »Fortschritt« sprechen. Keiner nennt ihn mehr beim Namen. Sie sprechen vielmehr so, als stünde jeweils der Augenblick einer Erfüllung unmittelbar bevor. Täglich wird irgend etwas komplett, fertig, glattgestrichen.

Man rechnet heute mit dem Fertigen und in den Fertigkeiten … das offene Ende, das »Projekt« verblaßt. Das Binnentranszendente der Systeme, »das Ineinandergreifen der Module« hat das Individuum von Fortschrittsängsten abgelenkt. Man verspürt Funktionslust oder eben keine. Der Ausspruch: »Ich denke niemals nach. Ich bin immer auf alles gefaßt«, der vom Dramatiker Georg Kaiser überliefert wird, eignet sich auch zur Losung des modularen Menschen.

Zur Wissensgesellschaft wird sich kein Anti-Typ vom Schlag des »kritischen Intellektuellen« mehr bilden. Der Informationstechniker und der …? Welche gleichgewichtige Gegenfigur wäre hier noch vorstellbar? Die Frage der Konsumption jeglicher Gegenkraft …

Zusammenfluß aller Intelligenzen in der einen technischen. Sie durchdringt die Lebenswelt wie vorzeiten die Religion oder später die Darwin-Marx- und Freud-Wissenschaften.

Kunst, Seele, Gedächtnis, sie schaffen weiterhin, doch schaffen sie schon verwaist – außerhalb der Sphäre, die über den Charakter des Zeitalters entscheidet.

Die Textur ist komplett. An die Stelle des Skeptikers wird der Unverbundene treten oder der heilige Idiot.

Und er sagt:

Ich bin der Knoten, der nichts denkende Knoten … ich bin der Mensch, in dem sich die Verständnisse seiner Zeit zu einem unlösbaren Knoten verknüpft haben. Oder er sagt: Ich erfahre nichts als das Grauen des Zuviel … des dreckigen proliferierenden Zuviel … Ich verstehe nicht, mich der grenzenlosen Mittel und Vermittlungen zu bedienen … Verstehe ich aber, mich ihrer zu erwehren? Ich stand in Verbindung und wurde von Verbindungen unterbrochen. Ich, ein armes deutsches Überbleibsel, das der Wahnsinn zu berühren vergaß, bevor er sich in den Wassern der Globalität auflöste … Und er sagt: Ich weiß mein Alter nicht. Aber auch die Welt irrt sich in ihrem Alter. Mit jeder Neuerung gerät sie in einen Verjüngungsrausch und täuscht sich über ihre Gebrechen. Man könnte sie ohne Beleidigung eine sterile aufgetakelte Greisin nennen, die längst alles künstlich ersetzen muß, was ihr an natürlichen Gaben verlorenging.

Nie sind die Verhältnisse so lückenlos verhältnismäßig, daß nicht unversehens irgendein Spalt – ein Schmerz, ein Aberwitz – sich öffnete und das Gespür für den Fluch, den ersten und rohen, freigäbe. Inmitten des dichten Zeitvertreibs das schiere dunkle Momentane: den Fluch erkennen. In den Gleichnissen leben. Ameisen der Deutung sein.

Ein Werk wie die »Haltestelle« von Beuys sagt doch: Zu jedem beliebigen Zeitpunkt ist die Verbindung zum Grund, zur Blöße, zum Urbild möglich. Es kommt nur darauf an, sie für unerläßlich zu halten.

Denn was ich suche mit Blicken und Träumen, in allen Berührungen mit Menschen und Künsten, ist die Epiphanie der Blöße, ist immer wieder und schlicht die »unerfahrbare Realität« (Max Scheler).

Die Blöße ist immer noch erschreckend und ist es um so mehr, als die der nackten Haut den Glanz der Scham verlor.

Das Aussenden beherrscht immer einseitiger die Welt, die Leistungen des Empfangens lassen nach. Der Drang sich mitzuteilen gerät meinem Nächsten schnell außer Kontrolle. Seine Rede bildet sich nicht, wie es die Kybernetik des Gesprächs verlangt, in der geheimen Rückfrage bei mir, dem Empfänger. Sie berücksichtigt mich nicht. In der Sprache können wir Tag für Tag weniger Welt bewältigen. Je großspuriger (»globaler«) man redet und rechnet und denkt, um so gewisser findet die letzte Ritzung, die das Wort vermag, in einer sehr entlegenen Provinz statt.

Jede Beschwörung durch das Wort kann nur durch unerbittliche Askese wiedergewonnen werden und Reduktion auf seine semantische Moral: mehr zu sein als zu scheinen.

Wenig. Ein Glockenschlag. Kurzer Erzklang. Eine Sturmwarnung.

Wie hermetisch ist das Spiel, das wir spielen?

Ist es nicht alles in allem: den Blitz erbittend, der ihm dazwischenfährt?

Unsere Reden: insgeheim nur Flehgebärde ums Ende.

Unser Licht auf der Suche nach seinem Auslöscher?

Für eine späte Hermetik spricht, daß auch in der größten Not des Überflusses keine Savonarola-Gestalt mehr ihren Schatten vorauswirft.

Zeit ohne Vorboten. Wer säh noch anderes kommen? Prolongationen, Vorgabeerfüllungen, Sättigungen. Der Mensch in seinem Hamsterrad. Das Anderswerden abgeklungen. Endlich alles peripher!

Wie verklären sich plötzlich dem Menschen im Schutz und unter der Last seines steigenden Wohlstands die kurzen grausamen Perioden der Geschichte, die Revolutionen, die Speerspitzen-Verengung des Blicks, der helle Verlust an Gedächtnis, das sich zugunsten von Entwurf und Vorstoß verjüngt ... welch ein Jungbrunnen müßte sie sein, die rücksichtslose Zeit!

Wenn es indessen darauf hinausläuft: vom Tod der Ideologien zum allesbefriedenden Ökonomismus zu gelangen, dann darf man sagen: es liegt ein heroisches Zeitalter des Scheiterns hinter uns.

Das Unerreichbare als sittliches Kriterium wird hinfällig, wo auf einer nach oben offenen Leistungsskala das Erreichte stetig erweitert werden kann.

Leben heißt weben.

Der Schleier, den wir zusätzlich über den Schleier der Natur warfen, dieser Überwurf eines »maschentausendabertausendweiten« Gewebs (Else Lasker-Schüler) verdoppelt fraglos die Reize der Erscheinungswelt und entfernt uns von der Frage nach verborgener Wahrheit. Glänzend ist die technische Aufbereitung und Nachahmung des uralten Schöpfungsmythos gelungen, und wir, ursprünglich nur »eine Masche im unendlichen Gewebe der Naturmutter« sind nun Herr der Netze und dabei »so arglos und schuldlos wie der Vogel, der dem Fänger ins Netz geht«, denn unverändert »verwickelt der Mensch sich in seiner Entwicklung doch nur durch sein eigenes Tun.« (Vgl. Franz Vonessen, Der Mythos vom Weltschleier, Antaios 1963.)

Das letzte Jahrhundert des Menschen. Zwei große Kriege, unvergleichliche Energien. Niemals wieder wird man solche Zentralgewalten herrschen sehen, solche Zäsuren so nah beieinander finden. Niemals werden Kriege wieder so bestimmend und befördernd sein für das Schicksal der Wissenschaft, der Völkerverständigung, der Sozialität und der Kunst.

Niemals wieder solche Hochzeiten von Weh und Wohl, Böse und Gut! Kein dramatischeres, kein menschengemäßeres Jahrhundert je! Was folgt, gehört den Nachfolgern des Menschen. Gewissen ausführenden Organen.

Die technisch wie ideell uneingeschränkte Erfahrbarkeit der Welt erforderte ein maßloses, ein Monster-Subjekt. Da dies nicht im Interesse der Evoluton zu liegen scheint, tritt an die Stelle der Wahrnehmungsbeschränkung durch Idee, Ideologie oder zweckbestimmte Überzeugungen eine starke Verminderung der Erfahrungsintensität. Die Sache wird vorsichtshalber zum Spaß betrieben.

Man wird sich einem Luftgeist unterwerfen, einer Hypostase der allgewaltigen Kommunikation, einem herkunftslosen Tyrannen, einem mehr oder minder emergenten Phantom, einer von allen gezeugten leiblosen Bestie. Und dieser Unkenntliche und Unberührbare wird seine Gewalt ganz aus Abwesenheit schöpfen. ER, endlich das eine und ganze Bild, das aus der Opulenz der Zerstücklungen entsprang.

Die Geste der Neuzeit, so Hofmannsthal, sei der Mensch mit dem Buch in der Hand, wie der Kniende mit gefalteten Händen die Geste einer anderen Zeit war.

Die Geste am Ausgang der Neuzeit ist der Kontrollblick, der auf dem Display den Umsprung der Anzeige erwartet. Das Beisichsein des Lesenden wie des Knienden war die Voraussetzung seiner Teilnahme. Die Teilnahme am Netz setzt einen permeablen Nutzer voraus. Im Museum von Atlanta, so teilt mir Internet mit, bin ich der 309 567. Besucher. Bin ich es? Ich bemerke es wohl gar nicht, aber in Wahrheit flanierten 309 566 Menschen durch mich hindurch.

Die Moderne geht keineswegs mit Parodie oder Postmoderne zu Ende, sondern sie verschwindet im Bruch mit der Poesie unseres Denkens insgesamt. Mit der Ablösung der Reflexion durch ein technisch-informatorisches Wissen, dem Wissen mit der geringsten geschichtlichen Ekstatik und dem universellsten Anspruch.

Das Entmenschte vermag man in gewissen Parodien der trash culture kaum noch vom Willen zum Entmenschen zu unterscheiden. Die Werke, die es bloßzustellen vorgeben, sind längst seinem Gegenzauber verfallen. Von der apotropäischen Macht der Satire ist nichts geblieben. Die Zerstörung ist ein Werk der Werke geworden. Man muß niemanden Zerbrochenheit lehren. Die Künste, die vom Müll der Welt erzählen, vermehren ihn nur. Sie produzieren öde Pleonasmen.

Den Kunstbegriff gilt es auf Brennpunktgröße zu verengen.

Eine wehrhafte poetische Vereinigung. Rechtfertigung der Kunst als Zentrum der Gegenkommunikation.

Ich soll ein Fenster sein? Wer wäre dies »Ich«? Die Informationen existieren ohne *Ich.* Das Wissen nicht.

Wie der Romantiker der beginnenden Industrieepoche Vorzeit und Frühe erinnerte, wird auch der Romantiker der barbarischen Wissensgesellschaft Vorzeit und Frühe erinnern.

(Wie? Ich der einzige, ich ganz allein, in den *Wiedervereinigung*, das Wort, als ein Tautropfen fiel? Der einzige, der sie nach ihrem mystischen Wortsinn aufnahm und davon deutscher wurde, als es die Zeitgeschichte erlaubt. Damit habe ich mich vor meinen intelligenten Zeitgenossen ebenso lächerlich gemacht, wie sie umgekehrt mir als armselig und unbegabt für die Epoche erscheinen.)

Am Ende des 20. Jahrhunderts ist der Typus des Unpassenden, des Widersachers, des Wahnbesessenen aus der deutschen Literatur verschwunden. In der vollkommen ironischen oder der virtuellen Welt kann durch Spiel und Anpassung der Geist ein höheres Risiko der Entfaltung wie der Verödung eingehen als durch irgendeine Form des Widerstands. In den Krisen dieser Zweiten Welt entscheidet allein der Anpassungserfolg und nicht der Leidensschatz des Subjekts. Der passable Künstler mag sich noch so ungebärdig geben, er zerbricht nicht mehr an seiner Zeit, sondern allenfalls an Drogen. Vielleicht auch, weil er von ihr gleichermaßen begünstigt wie deklassiert wird.

Wer heute in den Künsten anfängt, wird nicht von Umsturz- oder Neuerungsdrang bewegt. Er fängt mit einem hohen

Können an, als wär's von einem Meister übernommen. Es kommt aber vom Medial, das an die Stelle des Meisters trat. Das Können kommt aus der frohen Selbstbezüglichkeit der Mittel. Kein Mittel der Anfänger, das sich nicht der Zunft der Vermittlung verdankte und sich ihr wieder anbequemte.

Das Umwälzendste nach dem Ende der Revolutionsepoche ist die Erfindung der Umwälzanlage, die das Verbrauchte nicht aus der Geschichte jagt, sondern es wiederaufbereitet, reinigt und neuer Verwendung zuführt.

Alles, was gemacht wurde, wird heute noch einmal mit raffinierteren Reizen gemacht. Ein Pionierwerk wie Strindbergs *Traumspiel* ist infolge der schnellen Traumfluchten, die das Musik-Video produziert, gewissermaßen unaktualisierbar geworden, d. h. nur mit oberflächlichen Mitteln auf den neuesten Stand der ästhetischen Reizbarkeit zu bringen. Die Raffinierung der Reize aber geht in der Kunst zu Lasten der Formschönheit. Doch es scheint den mit den Medien konkurrierenden Künsten gar nichts anderes möglich, als allein die Beschußquote durch Reize zu erhöhen.

Die Zeit der Errungenschaften hat die Zeit des Erringens nicht zum Vorbild.

Ohne Erschütterung durch Unerschließbares, Kunst, kein Schluß mehr von Wert und Kraft. Umgekehrt: wo kein Sinn mehr für Unerschließbares, werden unzählig die wertlosen Schlüsse.

Nach wie vor gibt es keine eheliche Untreue, die außerhalb des Bedeutungsfelds der *Kreuzersonate* stattfände. Die eigenen Begriffe, belletristisch ungeschult, befinden sich im Krisenfall selten auf der Höhe des Herzschlags. Man ist, um das Umwerfende innerhalb seiner aufgeräumten Sphäre zu ermessen, aufs Reservoir der Menschenkenntnis angewiesen, das die schöne Literatur bereitstellt. Um wirksam behandelt zu werden, nutzt man im übrigen besser die starke Dosis: die Quelle großer Werke statt die seichten Ausläufer auf den gegenwärtigen Bestsellerlisten.

Es ist schon eine Weile her, daß angeblich die »Maßstäbe« fehlten in der Kunstbewertung. Linie und Kriterium sind mittlerweile so bestimmend und beschränkend wie seit Jahrzehnten nie ein geistiges oder politisches Motiv. Unter dem Einfluß der Quote hat sich in der Literatur der Maßstab der intelligenten Unterhaltsamkeit eingestellt und damit ein einziges Stimmungskontinuum zwischen gescheitem Talk und geistreicher Lyrik.

Der Gegensatz zur leserfreundlichen Literatur ist nicht die leservergrämende, sondern der andere Leser. Dem das Lesen schwerfällt. Vielleicht aus Gründen einer höheren Legasthenie, sicher aber aus solchen der Kunst. Denn nur als Kunst wird sich das Lesen von Literatur erhalten. Die Neugier wird sich allmählich wieder aufs Entziffern umstellen.

Und da unser »Bildungswesen« dafür nicht mehr zuständig ist, werden es eben wieder die Mönche übernehmen: Autoren, die ihre Geheimnisse an spätere Autoren weitergeben.

Die Dinge verwirklichen ihr fading. Kaum etwas, das nicht schwände.

Vom Finger bleibt nichts als der Fingerzeig. Der Körper verflüchtigt zum Digital, der Sozialkörper zum Medial. Ein geschlossener Austausch von Täuschungen ... Was ist das Blau des Himmels anderes als eine Lichtbrechung, was der Kummer mehr als ein Mangel an Serotin ...? Die Erde mehr als ein Ort immer höher steigender Abstraktion? Der Wissenswille ist als Fluch nicht einschränkbar, der ewige Rükkenwind vom Paradies ...

Er wird auch den Menschen selber überwinden. Von ihm bleibt nichts als eine noetische Ekstase, ohne Herz, ohne Erdberührung, ohne Reise, ohne Leib, ohne Jenseits.

Jenes Wesen einer höheren Gewissenhaftigkeit, vermutlich ein Evaporat unserer restlichen Sinnlichkeit und Spiritualität, keine übermenschliche, keine außermenschliche, schon gar keine göttliche Intelligenz, sondern nur ein Fluidum, halb aus Gedanken gemacht, halb aber aus den Höchstleistungen des Menschseins entwichen, diese unterste aller uns überlegenen Instanzen hat sich schon oft geregt und fragt nun immer wieder: Ja, träumen die denn?! ... Wissen sie denn nicht ...?! Sehen sie nicht ...?! ... Wie können sie nur?! Was mögen sie sich nur bei ihrem Denken gedacht haben? Wie kam es zu der törichten Einbildung von einem globalen Wir? Von einem weltweit gemeinsamen Schicksal? Das muß der letzte Täuschungseffekt der sogenannten Aufklärung gewesen sein, dort, wo sie bereits in gefährlichen Obskurantismus umschlug. Jeder verliert *seine* Welt an *die* Welt. Das mögen sich Philosophen denken, aber diesen hilflosen Informierten verdirbt man ihr Haus damit!

Im Verhältnis zum medialen Schattenzeichen ist das poetische Symbol sinnlich begreifbar wie ein Gegenstand. Palpabel wie ein Ding. Orpheus vor den Grenzen der Schattenwelt, der tödlichen Selbstbezüglichkeit aller Bilder, singt in der Hoffnung auf das emergente Symbol, das plötzlich hervorschreitende, durchbrechende, wiedererstarkte Symbol. Er hat seine ganze Kunst auf die Wiedererweckung des Gegenstands gerichtet.

Man spricht nur abstrakter. Immer fahlere Worte begleiten das Schwere und das Gewöhnliche und das Unverbesserliche in unserem Leben ... So viel an jedem, das besser zu nennen wäre! Aber die Worte entfernen sich unaufhaltsam von dem, was Gestalt ist an uns. Auf solche Weise bestehen wir aus Unveränderlichem und ständiger Verflüchtigung zugleich.

Die Frage »Wozu?«, den Selbstzweifel der Informierten, beantwortet nur noch das Lachen des Idioten. Die Heiterkeit der Abstinenz, die jenen anstößig erscheint, wird seine vorherrschende Laune sein. Und der Idiot antwortet aus dem Halbschlaf des Lebens ohne einen Schimmer von Zukunftssorge, ohne Angst. Empfindlich ist er nur in dem Maße, als sich auf den Ungerührten am reinsten die Vibrationen des Geschehens übertragen.

Hellsichtig nur, indem er schärfer das Verschiedene erkennt, ohne Glätte und Gleitmittel, ohne modulare Vernunft: *Dies Herz* ist kein Baustein aus dem großen Modulbaukasten.

Vielleicht ist es das Durchglühen, ein mystisches oder orphisches, aller Netze und Systeme, das aus dem Jenseits des Wissens so verheißungsvoll heraufleuchtet und in seiner Heiterkeit sich ankündigt. Das große, freie und tiefe Abirren des Geistes … Unfähig, den Schatten anders als den Schatten zu erfahren und daher gezwungen, täglich sehr vielen der Schattenwelt Angehörigen zu begegnen, bewahrt er eine ursprüngliche Abwehr gegen »unsinnliches« Erscheinen.

Keine Sehnsucht. Keine Gewißheit. Eher eine Blumenexistenz: einfache Öffnung zum Licht.

Ohne Erwartung auf das Ende. Der Blume ist jedes Licht der Jüngste Tag. Vom Unabsehbaren wird sie gewärmt.

Der Inhalt löst sich ganz in Rhythmus auf.

Dem sterbenden Jahrhundert entweicht ein betörender Rhythmus.

Ich träume in Inseln, ich wache in Inseln.

Alle Zusammenhänge haben enttäuscht.

Drucknachweise

Die Distanz ertragen
In: Rudolf Borchardt, *Das Gespräch über die Formen und Platons Lysis Deutsch.* Stuttgart: Klett-Cotta 1987; Erstdruck: FAZ, 23. Mai 1987.

Die Erde – ein Kopf
Dankrede zum Georg-Büchner-Preis. In: Deutsche Akademie für Sprache und Dichtung, *Jahrbuch 1989.* Darmstadt: Luchterhand Literaturverlag 1990. Im Erstdruck folgten noch die Schlußworte der Rede: »Ich danke der Akademie für die höchste Auszeichnung, die meiner Arbeit zuteil werden kann. Die mit dem Preis verbundene Geldsumme soll für einen – nun eben doch – kulturellen Zweck verwendet werden. Mit Hilfe von 60 000 DM wird der in diesem Jahrhundert vielleicht letzte, vielleicht verzweifelte Versuch unternommen, Leser zu gewinnen für eines der mächtigsten Prosawerke deutscher Sprache, für Hans Henny Jahnns Roman *Fluß ohne Ufer.*«

Der Aufstand gegen die sekundäre Welt
In: George Steiner, *Von realer Gegenwart.* München Wien: Hanser 1991.

Anschwellender Bocksgesang
Leicht gekürzte Fassung in: *Der Spiegel,* 8. Februar 1993. Das *Postscriptum* in: *Der Spiegel,* 18. April 1994.

Das Maß der Wörtlichkeit
In: *Frankfurter Allgemeine Zeitung,* 27. September 1997.

Zeit ohne Vorboten
In: FAZ, 2. Januar 1999.

Inhalt